이장욱

1968년 서울에서 태어났다.
1994년 《현대문학》에 시가 당선되어 등단했고,
2005년 장편소설 『칼로의 유쾌한 악마들』로
문학수첩작가상을 받으며 소설을 발표하기 시작했다.
소설집 『고백의 제왕』, 『기린이 아닌 모든 것』과
시집 『내 잠 속의 모래산』, 『정오의 희망곡』, 『생년월일』,
『영원이 아니라서 가능한』 등이 있다. 웹진문지문학상,
김유정문학상, 대산문학상을 수상했다.

천국보다
낯선

천국보다

낯선

오늘의 젊은 작가 04

이장욱
장편소설

민음사

불안은 영혼을 잠식한다

정鄭

머릿속에 작은 방을 하나 만든다. 그 방에 불안이나 외로움 또는 우울 같은 감정들을 넣는다. 외출할 때는 그 방의 문을 단단히 잠근다. 외출이니까. 외출에는 적당한 햇빛과 소음, 목적지 같은 것만 있으면 되니까.

돌아온 뒤에는 문을 따고 방으로 혼자 들어간다. 방은 여전히 불안이나 외로움 또는 우울 같은 것으로 가득하다. 그것들과 살을 맞대고 잔다. 잠에서 깬다. 다시 잔다. 잠에서 깬다. 그렇게 그 방에서 며칠을 지낸다.

그러면 어느 아침, 빈방에 혼자 누워 있는 나를 문득 발견하게 된다. 방에는 나 자신 외에 아무것도 없다. 벽지도 깨끗하고, 창문을 열 수도 있다. 창문을 열면 신선하고 상큼한 바람이 흘러 들어온다. 이윽고 머릿속의 방에서 나온다. 방에서 나오면…… 모든 것을 다시 시작할 수 있다.

머릿속의 그 작은 방을 좋아한다. 그 방에 들어가서 잠드는 것은 내 오랜 습관이다. 때로는 약물의 도움도 받았다. 처음에는 항히스타민 계열의 유도제였지만, 나중에는 아티반을 복용하기도 했다. 내가 집에서 약을 먹는 것을 김(金)은 여러 번 보았다. 하지만 그게 어떤 종류의 약인지는 묻지 않았다. 비타민제라고 생각한 것이 틀림없었다.

짙게 코팅된 차창 밖으로 빗방울들이 떨어지고 있었다. 떨어지는 빗방울들은 각자의 방식으로 떨어진다. 행인들이 우산을 펴 드는 모습 역시 마찬가지다. 서로 다른 자세로, 다른 표정으로, 다른 각도로, 우산을 펴 든다. 풍경이란 언제나 그런 방식으로 펼쳐진다. 그것이 좋다고, 나는 생각한다. 손바닥으로 머리를 가린 채 달려가다가 중년 남자와 어깨를 부딪치는 사람이 보였다. 멍하니 서서 담배를 피우던 중년 남자가 자신의 어깨를 치고 달려간 사람을 향해 뭐라 뭐라 소리쳤다. 욕설일까, 외침일까. 목소리는 허공으로 흩어졌다. 달려가는 사람은 외치는 사람의 목소리를 듣지 못한 듯 어둠 속으로 사라졌다. 그런 것이 풍경이라고, 나는 중얼거렸다.

나는 인생이라는 단어에 호의적인 편이 아니다. 하지만 어떤 인생도 멸시받아서는 안 되며, 각각의 인생은 각각의 방식으로 존중받을 가치가 있음을 나는 의심하지 않는다. 인생이 존중받을 만한 가치가 있다면, 인생의 끝 역시 존중받을 만한 가치가 있을 것이다. 죽은 사람에게 예의를 갖추어 슬픔을 표하는 것, 그것은 같은 시간을 지나온 인간으로서 불가피한 일이다. 그것 자체가 문명의 형식이라는 것을 나는 충분히 이해하고 있다.

게다가 그 사람은 지금 운전대를 잡고 있는 김에게도, 뒷자리의 최(崔)에게도, 물론 나 자신에게도 잊히지 않는 인연이 아닌가. 인생에 예의를 다한다는 것, 지금 내게 그것은 검은 옷을 입고 이렇게 차 안에 앉아 있는 것이다. 최선을 다해서. 가슴속에서 피어오르는 이상한 감정을 누르며.

운전석의 김이 오디오 버튼을 눌렀다. 낯익은 음색의 멜로디가 흘러나왔다. 수지 서였다. 나 역시 그녀의 노래를 싫어한다고는 할 수 없다. 이 한국계 싱어송라이터의 리듬에는 우울하면서도 감미롭고, 감미로우면서도 풍성한 데가 있었다. 하지만 지금은 친구의 장례식장을 찾아가는 길이 아닌가. 오디오 볼륨을 높여 놓고 운전석의 김이 나른한 기분에 빠져들고 있다는 것을 나는 깨닫고 있었다.

어떤 감정이 견딜 만한 상태일 때, 음악은 그 감정을 통과하는 데 도움을 줄 것이다. 하지만 겨우 그런 것이 음악이라면 나의 거부감 역시 저기 저 창밖에 떨어지는 빗방울만큼은 정당할 것이다. 그렇다. 어떤 비극은 리듬조차 견디지 못한다. 그것이 리듬의 탓이 아니라는 것은 나도 알고 있다. 하지만 비극의 탓은 더더욱 아니다. 뒷좌석에서는 최가 말없이 창밖을 바라보고 있었다.

나는 손을 뻗어 오디오의 볼륨을 줄였다. 그냥 꺼 버리는 건 예의가 아니기 때문에, 볼륨을 최대한 낮추는 쪽을 택한 것이다. 김의 곁눈질이 곧바로 내 쪽을 향하는 게 느껴졌다. 나는 가만히 정면을 바라보는 자세를 유지했다. 김이 끙, 소리를 내며 불만을 표시하는 순간, 나는 운전석 쪽으로 가만히 몸을 기울이고 최대한 조용하게 말했다.

"음악 들을 때가 아니잖아."

그가 불만스러워하리라는 건 알고 있었다. 그가 자신의 불만을 직설적으로 표현하지 않으리라는 것도 알고 있었다. 최근 들어 나는 그의 마음이 읽히는 것을 깨닫고 당황하는 때가 있었다. 졸업 무렵 연애를 시작해 결혼식을 올린 지 벌써 3년이 지났으니 당연한 일인지도 모른다.

김을 알게 된 것은 교내 영화 동아리에서였다. 결혼 이야기가 오간 것은 졸업 후였다. 나로서는 하객들을 향해 인사하면서 보니 곁에 서 있는 게 이 사람이더라는 식의, 농담 같은 결혼이었다. 친구들은 이구동성으로 결혼을 축하한다고 말했다.

나는 고맙다고 말했다. 무언가 이상한 일이 일어났다는 생각이 들었다. 어딘지 낯선 세계에 떨어져 두리번거리는 기분이었다.

김에게 문제가 있는 것은 아니었다. 김은 누가 봐도 성실하고 원만하며 풍채가 듬직한 남자였다. 잘생긴 이목구비가 충분히 아름다웠기 때문에 여학생들의 시선을 끌기에도 부족함이 없었다. 때로는 「로마의 휴일」의 그레고리 펙처럼 보였고, 때로는 「바람과 함께 사라지다」의 클라크 게이블처럼 보였다. 그가 우수에 젖은 프로필을 보여 줄 때면 어디선가 정말 카메라가 돌아가고 있는 듯한 착각이 들기도 했다.

정작 그의 아내가 된 나는 그런 것에 끌리는 편이 아니었다. 내가 김에게서 느낀 매력은 우수에 젖은 프로필이나 수려한 생김새와는 거리가 멀었다. 동아리에서 스터디를 할 때도, 방학을 맞아 단편영화를 찍을 때도, 나는 그에게서 어딘가 비어 있다는 인상을 받았다. 프리츠 랑의 「M」을 패러디해서 흑백 단편영화를 찍던 때였다. 캠코더는 학교에서 대여했고, 예산은 식비 정도였다. 프리츠 랑이 전후 독일의 불안을 담았듯이, 우리는 이 시대 청춘의 불안을 표현주의적으로 재현해 보자고 제안한 사람은 최였다. 최의 머릿속에서는 언제나 풍부한 아이디어들이 식물처럼 자라는 것 같았다.

시나리오는 A, 그녀가 말했다. 그녀는 언제나 무언가를 쓰고 있었다. 시나리오 이야기가 나왔을 때 모두들 그녀 쪽을 바라본 건 당연한 일이었다. 나 역시 마찬가지였다. 교내 컴퓨터실에서 그녀의 가늘고 긴 손가락들이 자판을 톡톡 두드리는 것을 물끄러미 바라본 적이 있다. 손가락들은 부드럽게 자판 위를 움직였다. 나는 눈을 떼지 못하고 그 손가락들을 바라보았다. 손가락들의 각도가 황홀했던 것인지 그 리듬이 황홀했던 것인지는 모르겠다. 그 손끝에서 시가, 소설이, 시나리오가 흘러나왔다. 내가 좋아하는 것은 그녀의 글이 아니라 그녀의 손가락이라고 나는 확신했던 것 같다.

그녀의 시나리오가 모두에게 주어졌다. 대사가 별로 없는 간결한 원고였다. 하지만 아무래도 우리의 영화는 블랙코미디가 될 것 같았다. 모두들 아마추어였다. 연기를 진지하게 하면 할수록 희극적인 느낌을 준다는 것을 모두들 직감으로 알고 있었다. 김은 그중에서도 가장 서툰 연기자였다. 그는 한 컷도 자신의 배역에 몰입하지 못했다. 연기를 한다는 것은 다른 세계로 들어가는 일이다. 지금 우리의 세계를 벗어나는 일. 평행 우주와도 같은 다른 세계의 영혼이 되는 일. 그러려면 일종의 몰입이 필요하다.

모두들 지나치게 몰입했기 때문에 우스워졌다. 반대로 김은 몰입을 전혀 하지 못했기 때문에 우스워졌다. 우리 모두가 우스웠지만, 김은 우리와는 다른 방식으로 우스웠다. 그의 대사는 텅 비어 있었고, 우리가 몰입해 있는 세계의 바깥에서 들려오는 것 같았다.

그가 스스로 웃음을 터뜨리는 바람에 촬영은 자꾸 지연되었다. 그때마다 김은 어색한 미소를 지으며 설명하곤 했다. 자신은 경영대생이며 영문학은 부전공일 뿐이다, 셰익스피어를 좋아하지만 좋아한다고 해서 잘할 수 있는 것은 아니다, 무엇보다도 자신은 표현주의적인 영화를 그리 좋아하지 않는다, 그런 영화는 인간의 불안 심리에 편승해서 모호한 분위기 따위나 연출하는 무책임한 영화이기 때문…… 이라는 것이 그의 주장이었다. 무언가 어긋나 있는 말이었다. 영화를 기획한 최와 시나리오를 쓴 A가 가만히 김을 바라보았다. 김의 표정에서 매력을 느낀 것은 아마도 나뿐이었을 것이다.

어려운 이론서를 공부할 때도 마찬가지였다. 김은 성실하게 책을 읽어 왔지만 말주변은 최를 따라가지 못했다. 최가 책을 다 읽지 않고도 특유의 달변으로 앙드레 바쟁의 이론을 설명할 때, 김은 지난밤에 열심히 읽은 글의 핵심조차 오해하기 일쑤였다. 최가 바쟁의 리얼리즘이 에이젠슈테인의 몽타주 이론과 어떻게 대립하는지를 열정적으로 설명하면, 김은 짐짓 놀라는 표정을 지으며 말했다. 아, 이 두 이론이 대립적이었냐?

그때마다 김은 하하, 내가 잘못 이해했네, 라고 말하며 실없이 웃곤 했는데, 김의 웃음에는 기묘한 전염성이 있었기 때문에 모두들 따라서 웃음을 터뜨렸다. 김은 친구들의 웃음소리에 전혀 상처 받지 않는 것 같았다.

그게 좋았다. 이 사람의 내부에는 빈방이 참 많구나. 내면에 있는 빈방. 내가 하릴없이 좋아하게 되는 건 그런 종류의 것이다. 나에게도 그런 빈방이 있다면, 그 방에 과묵하고 고독한 손님을 들이고 싶었다. 낯선 손님과 조용히 시간을 보내고 싶었다. 아무런 대가도 받지 않고, 앞으로의 계획이나 과거의 행적을 묻지도 않을 것이다. 침착한 공기와 평화로운 시간 속에서 존재하는 것이 목적의 전부인…… 그런 방이기 때문에. 갓 빨아 낸 신선한 모포의 향기가 떠도는 무채색의 방이기 때문에.

낯설고 과묵하며 선량한 이들이 조용히 묵어 가는 그런 공간을…… 나는 상상했다. 방이 하나 둘 늘어나면 나중에는 커다란 호텔이 될지도 모른다. 고요한 손님들이 늘어나고, 평화로운 시간이 흘러간다. 그러면 나는 어느 새벽, 그 호텔의 허름한 입구를 걸어 나와 다시 길을 떠나는 것이다. 작은 여행 가방 하나를 들고. 아무런 회한도 없이. 또 다른 낡고 허름한 방을 만들기 위해서.

김의 내부에는 성실하고 긍정적인 공기가 떠도는 큰 방들

이 많을 것이다. 나는 그 방의 공기를 조금씩 호흡하며 주어
진 시간을 통과할 것이다. 주인이 아니라 과묵한 손님이 되어
서 하루하루를 묵어 갈 것이다. 그것이 내가 가진 희망의 전
부라고 해도 좋았다. 희망은 사소하면 사소할수록 좋았다. 그
런 희망은 사람을 좌절시키지 않고, 배신감에 치를 떨게 하지
않고, 죽게 만들지 않으니까.

나는 내 삶이 어떤 낙관적인 기분 속에서 흘러가기를 희망
한다. 내가 속해 있는 세계가 뾰족한 공기를 갖고 있다는 것
을 깨달을 때마다, 나는 평행 우주의 다른 세계로 스며들고
싶었다. 그런 우주가 존재하지 않기 때문에, 존재하지 않을 것
이라는 비관 때문에, 나는 글을 쓰기 시작했는지도 모른다.
지푸라기나 동아줄을 붙잡는 심정으로. 하지만 문장 속에서
도 나는 자주 비관에 멱살이 잡혀 질질 끌려다니곤 했다. 나
에게 비관이라는 것은 어떤 정서의 이름이 아니다. 그것은 어
떤 물리적인 힘의 이름에 가깝다. 내 멱살을 휘어잡고 패대기
치는.

김이 속한 세계의 공기는 내가 속한 세계의 공기와 질이
다른 것처럼 느껴졌다. 그 세계의 공기는, 이렇게 말할 수 있
다면, 성실하고 평화로운 에테르처럼 보였다. 불안이 영혼을
잠식하지 않는 세계. 불안이나 비관이 무엇인지 이해하지 못
해 의아해하는 세계……

어쩌면 당연한 일일 것이다. 결혼 후 얼마간의 시간이 지난 뒤 모든 게 오해일지도 모른다고 생각하게 된 것은.

그 직감은 어느 날 문득 찾아왔다. 무리를 해서 구입한 인피니티가 사소한 고장을 일으켰을 때였다. 잘 아는 친구를 통해 장기 할부로 구입한 외제 차였다. 무리한 보람이 있다고 말한 지 한 달이 채 지나지 않아 원인을 알 수 없는 소음과 진동이 있었다. 보닛을 열고 골똘히 차를 들여다보던 김이 문득 어두운 표정을 짓더니, "아, 그렇게 중요한 건 아니야."라고 나를 안심시키듯 말했다. 사소하고 일상적인 말이었다. 그런데 그 말을 듣는 순간, 기이하게도 나는 갑작스러운 확신에 사로잡혔다. 자신의 운명을 깊이 받아들이는 사람 특유의 빈방 같은 것은, 김에게도 없는 것이다…… 라는 이상한 확신이었다. 그 확신은 밑도 끝도 없이 발생해서, 도무지 부인할 수 없는 방식으로 내 영혼에 각인되었다. 조수석에 앉은 채 나는 나도 모르게 중얼거렸다. "그래, 중요한 건 아니야." 그것이 그에게 한 대답인지 나 자신에게 한 말인지는 알 수 없었다.

졸업 후 약간의 시련을 거쳐 증권사에 취직한 뒤, 그는 승승장구했다. '승승장구'라는 것은 물론 그의 표현이지만, 어쨌든 뒤늦게 자신의 재능을 발견한 것인지도 몰랐다. 그런데 '승승장구'하면 할수록, "아, 그렇게 중요한 건 아니야."라고 말하는 횟수가 눈에 띄게 늘어났다. 그의 얼굴은 어딘지 모르게

서서히 변해 갔다. 그 얼굴에서는 빈방 같은 것이 느껴지지
않았다. 나는 조금 더 빈번하게 낯익은 슬픔에 잠겼다. 결국
그 슬픔에서 벗어나지 못하리라는 비관이 다시 나에게 찾아
들 것이었다. 나는 그의 방을 떠나 조금 더 자주 내 좁은 방
에서 시간을 보냈다.

휴대전화에 A의 이름이 뜬 것은 저녁 식사를 하고 있을 때
였다. 나는 입안의 밥알을 하나하나 확인하듯 씹다가, A라고
표시된 액정 화면을 물끄러미 바라보았다. 통화 버튼을 눌렀
다. 무언가 깊이 숙고하기에는 전화라는 형식이 적절하지 않
다는, 엉뚱한 생각을 하면서.

전화에서 흘러나온 목소리는 뜻밖에 A의 것이 아니었다.
낯선 남자의 목소리였다. 남자는 대뜸 A를 아느냐고 물었다.

네…… 그런데요?

그 애가 죽었습니다.

나는 우물거리던 입을 멈췄다. 전화기 속의 목소리가 말
을 이었다. 나는 그 문장을 뒤늦게 이해했다. 문장이 다 끝난
뒤 긴 휴지기가 지난 뒤에야 그 의미를 겨우 해독했다. 남자
는 말했다. 자신은 그녀의 사촌이며, 그녀의 휴대전화에 저장
된 '친구' 목록을 보고 연락을 하는 것이며, 그녀가 심야에 운
전을 하다 터널에서 발생한 교통사고로 사망했으며, 현재 시

신을 K시로 옮겨 와 조문을 받고 있다…… 는 내용이었다. 이미 여러 통의 전화를 한 듯, 그는 다소 사무적이고 빠른 목소리로 말을 이었다. 경황이 없어 뒤늦게 전화를 돌리게 되었다, 발인이 내일이기 때문에 오늘이 마지막으로 조문을 받는 날이다, 그렇게 말한 뒤 그는 그럼, 다른 데 전화를 해야 해서…… 라고 중얼거리며 전화를 끊었다.

나는 휴대전화를 식탁 위에 내려놓았다. 맞은편의 김은 텔레비전에 시선을 둔 채 맥주를 마시고 있었다. 그가 거품이 묻은 입술을 닦았다. 평온한 저녁에 어울리는, 심상한 표정이었다. 나는 침묵했다. 허공을 바라보았다. 신도시의 스물아홉 평짜리 전세 아파트의 허공에 대해서는 아무런 할 말이 없다. 이 도시에 살고 있는 사람이라면 누구나 쉽게 이해할 수 있는 허공이니까.

그녀의 죽음을 김에게도 이야기해야 한다는 생각이 떠오른 건 한참이 지나서였다. 내가 입을 떼려는 순간, 그의 휴대전화가 낯익은 벨 소리를 뱉어 냈다. 발신자를 확인하는 그를 물끄러미 바라보았다. 그가 우물거리던 입 운동을 문득 멈추는 것을, 내 쪽을 힐끗 쳐다보고는 휴대전화를 귀에 대고 안방으로 들어가는 것을, 나는 가만히 바라보았다. 그 전화가 A에게서 온 것이며, 정확하게는 A가 아니라 A의 사촌이라는 남자에게서 온 것임을 나는 알고 있었다. 텔레비전에서는 일기예보가 흘러나오고 있었다. 오늘 밤은 날씨가 맑겠으며……

나는 차창 밖을 바라보았다. 무거운 빗방울이 떨어지고 있었다. 밤하늘이 상가 건물들 위로 캄캄하게 드리워져 있었다. 그녀의 사망 소식을 들은 뒤에도 나는 아무런 감정을 느끼지 못했다. 나는 내 안에서 발생하는 감정들에 이름을 붙이는 데 익숙하지 않다. 그것들은 언제나 형태를 갖추지 않고 흘러가니까. 사건이나 현상에 즉시 반응하는 것이 내겐 매우 어려운 일이다. 음식물이 식도와 소화관을 지나 위장에 머물고, 위장에서 형태가 변화된 뒤 소장과 대장으로 내려가는 과정 같은 것, 나에게는 그런 게 필요하다. 나의 혀는 대개 아무런 맛도 느끼지 못한다. 음식물이 배 속 깊은 곳에 이르렀을 때에야 나는 내가 무엇을 삼켰는지, 무엇이 나의 내장을 통과하고 있는지, 이제 어떤 종류의 통증이 찾아올 것인지 깨닫곤 했다.

약속 장소로 가는 차 안에서 나는 의식적으로, 가능한 한 감상적인 기분으로, 열심히, A에 대해 생각했다. 죽은 그녀에 대해서. 내 친구 A에 대해서. 그녀의 이니셜이자 그녀의 별명, 알파벳의 조용한 첫 글자 A에 대해서. 언제나 독신, 무직자, 신용 불량자였던 그녀. 언제나 나의 창밖이었던 그녀. 창밖에 내리는 빗방울이었던 그녀. 빗소리처럼 스며들고 사라지던 그녀. 길고 황홀한 손가락으로 자판을 토닥토닥 두드리던…… 파스빈더보다 더 빠른 속도로 자신의 처음이자 마지막 영화를 찍어 버렸다던…… 며칠 전 내 옆에 앉아 그렇게 가만가만 말하며 술을 마시던 친구…….

나는 약간의 실망감을 느꼈다. 아무런 감정의 동요도 느껴지지 않았기 때문이었다. 단지 기묘한 예감만이 나를 서서히 사로잡고 있었다. 그것은 앞으로도 아주 오랫동안, 어쩌면 평생 동안, 이 죽음에서 벗어나지 못하리라는 예감이었다. 그것은 단지 예감에 불과한 것, 그저 모호하고 애매한, 일종의 생각에 가까운 것이었다.

나는 차창을 조금 내렸다. 차갑고 축축한 공기가 밀려들었다. 운전석의 김이 기어를 D로 옮기고 천천히 액셀을 밟는 모습을 가만히 바라보았다. 차가 움직이기 시작했다. 수지 서의 노래는 들릴 듯 말 듯 나른하게 차 안을 흘러 다니고 있었다. 김이 성실한 사람이라는 것을 나는 다시 깨달았다. 5분만 기다려 보고, 라고 말한 뒤 정확히 5분이 지나자 그는 시동을 걸었다. 약속 시간에 나타나지 않은 염(廉)은 결국 K시에서 합류하게 될 모양이었다.

나는 머리 위의 선바이저를 내렸다. 안쪽에 붙어 있는 작은 거울로 뒷좌석을 바라보았다. 최와 눈이 마주쳤다. 나는 최에게 어색한 웃음을 지어 보였다. 하지만 그는 내 시선을 보지 못한 듯 차창 밖으로 시선을 돌렸다. 그와는 언제나 시선이 어긋났다. 나는 그런 관계들을 알고 있다. 알 수 없는 이유로 언제나 시선이 어긋나는 관계를. 어긋나는 것들을 되돌릴 만큼의 힘이 나에게는 없다. 나는 물끄러미 그런 이들의 등을 바라보는 것에 익숙하다.

운전석의 김이 내 쪽을 흘끗 보더니 CD를 끄고 라디오를 틀었다. 수지 서의 노래가 사라지고 일기예보가 흘러나왔다. 캐스터의 목소리는 비현실적일 만큼 건조했다. 겨울도 막바지에 이르렀습니다. 전국이 대체로 맑은 날씨를 보이는 가운데 수도권은 내일도 맑고 청명하겠습니다. 봄나들이 가시기에 좋은 날씨일 것으로 예상됩니다…….

"뭐라는 거야, 대체?"

뒷자리의 최가 혀를 차며 말했다. 나는 선바이저의 작은 거울로 최를 바라보았다. 그의 표정을 보고서야 그가 왜 그렇게 말했는지를 이해했다. 나는 다시 차창 밖으로 시선을 돌렸다. 밤거리에 굵은 빗방울들이 불규칙하게 떨어지고 있었다.

"그러게. 눈이 오는데."

운전석의 김이 말했다. 나는 빗방울들을 바라보며 반사적으로 입을 열었다.

"눈…… 인가? 비 아니고?"

차는 막 시내를 빠져나가고 있었다. 시선을 전방에 둔 채 김이 차창을 조금 내리더니 열린 틈으로 손가락을 내밀었다.

"눈이지…… 눈인데…… 눈 아닌가?"

뒷자리의 최가 입을 열었다.

"진눈깨비라고 하지, 이런 걸."

운전석의 김이 웃으며 대꾸했다.

"역시 대학 강사는 다르셔."

평화로운 대화라고, 나는 생각했다. 그리고 지금 저 어둠 속에 내리고 있는 것이 빗방울도 눈송이도 아닌 진눈깨비라는 것을, 나는 가만히 수긍했다. 종종걸음으로 지하철 역사에서 나오는 사람들, 코트 주머니에서 휴대전화를 꺼내 신중하게 바라보는 사람들, 떨어뜨린 서류 봉투를 줍는 사람들, 붉은 후미등을 켠 채 주차해 있는 트럭들, 취한 채 거리에 자신을 흩뿌리는 사내들…… 이 시야를 흘러갔다.

진눈깨비. 나는 중얼거렸다. 언젠가 이런 풍경을 소설 속에 쓴 적이 있다는 것을, 나는 기억해 냈다. 진눈깨비, 진눈깨비에 대한 길고 하염없는 소설을. 오래전에 한 시인은 그런 나의 소설을 읽고 다음과 같은 시를 남겼다.

때마침 진눈깨비 흩날린다
코트 주머니 속에는 딱딱한 손이 들어 있다

저 눈발은 내가 모르는 거리를 저벅거리며

여태껏 내가 한 번도 본 적이 없는

사내들과 건물들 사이를 헤맬 것이다

눈길 위로 사각의 서류 봉투가 떨어진다. 허리를 나는 굽히다 말고

생각한다. 대학을 졸업하면서 참 많은 각오를 했다.

내린다 진눈깨비, 놀랄 것 없다. 변덕이 심한 다리여

이런 귀갓길은 어떤 소설에선가 읽은 적이 있다

구두 밑창으로 여러 번 불러낸 추억들이 밟히고

어두운 골목길엔 불 켜진 빈 트럭이 정거해 있다.

취한 사내들이 쓰러진다. 생각난다 진눈깨비 뿌리던 날

하루 종일 버스를 탔던 어린 시절이 있었다.

낡고 흰 담벼락 근처에 모여 사람들이 눈을 턴다

진눈깨비 쏟아진다. 갑자기 눈물이 흐른다. 나는 불행하다

이런 것은 아니었다. 나는 일생 몫의 경험을 다 했다. 진눈깨비

……내린다, 진눈깨비. 그렇다. 나는 그런 귀갓길을 묘사한 적이 있다. 그 시인은 나의 소설을 읽은 것이 틀림없다. 그렇다고…… 혼자 생각할 뿐이지만. 그 시인은 심야의 극장에서 홀로 영화를 보다가 죽었다고 한다.

차량들이 가다 서다를 반복하고 있었다. 가다 서다를 반복한다는 것은 교통 캐스터들이 즐겨 쓰는 표현이라는 엉뚱한 생각이 머릿속을 흘러갔다. 그렇다. 이것은 오늘 오후까지 내가 살아가던 세계와 동일한 세계가 아니다. 이것은 지구와 똑같이 생긴 다른 행성의 풍경이다. 무엇보다도…… 저 진눈깨비가 증거 아닌가. 생각이 자막처럼 나를 통과하는 것을, 나는 가만히 느끼고 있었다. 무언가가 내 영혼을 잠식하고 있었다. 나는 그것에 이름을 붙이고 싶었지만, 어쩐지 하나의 단어도 떠오르지 않았다.

무방비 도시

김金

불행한 일이지만, 이제 우리가 가야 할 길은 사랑의 길이 아니다. 사랑은 때때로 우리를 구원하지만, 아니 사랑만이 우리를 구원할 수 있지만, 안타깝게도 사랑이 세계의 진실을 알려 주지는 않는다. 세계의 진실이란 밤처럼 냉정한 것이다. 그것은 차라리 사랑이 완전하게 사라진 상태에 가깝다. 우리가 그것을 깨닫는 것은, 대개 이미 늦은 다음이지만.

나는 핸들에 손을 얹은 채 전방을 노려보고 있었다. 미세하게 손끝이 떨렸다. 한때 내가 사랑했던 여자가 이제 지상에 존재하지 않는다는 것…… 언젠가 내 사랑이었던 존재가 사멸하여 이제 이 세계의 다른 사물들…… 가령 나무나 구름 또는 돌멩이들과 구별되지 않는 존재가 되었다는 것…… 그것은 얼마나 놀라운 일인가.

짙게 코팅된 차창 밖으로 눈송이 하나가 불규칙한 곡선을
그리며 떨어져 내렸다. 하지만 단 한 송이뿐으로, 몹시 외로운
느낌이었다. 나는 고개를 외로 꼬아 하늘을 올려다보았다. 상
가 빌딩들 사이로 보이는 밤하늘이 검고 깊었다. 저 높은 곳
에서 눈송이 하나를 떨어뜨린 밤하늘의 마음이란 대체 어떤
것인가. 죽음이란, 말하자면 저 높고 거대한 밤하늘과 같지
않은가. 우리의 인생이란 저 밤하늘에서 희미하게 떨어지는
눈송이 하나에 불과한 건 아닌가······.

이런 감상에 빠져 보는 것도 오랜만이었다. 감상은 인생의
적이라고 나는 믿어 왔다. 감상은 혐오의 대상이며, 감정의 낭
비야말로 어리석은 자의 특징이다. 명백하게도, 세상을 움직
이는 힘은 감정이나 멜랑콜리한 기분이 아니다. 그런 것들은
기껏해야 무미건조한 인생에 뿌리는 값싼 향료에 불과하다.
우울한 향기에 취해 눈을 지그시 감고 우아한 포즈로 고개를
드는 순간, 적들의 칼날이 옆구리를 파고 들어온다. 보이지 않
는 손이 발목을 잡아 늪에 처넣는다. 던져지는 육신. 늪에 잠
기는 뇌세포들. 사라지는 영혼. 그것으로 끝이다. 우리가 인정
하고 안 하고는 중요하지 않다. 이 세계란 결국 그런 것이다.
그것을 나는 몸으로 체득해 왔다. 오래된 영화들이 알려 주지
않던가. 주인공이 죽는 것은 언제나 그가 사랑하는 사람의

배신 때문이라고. 그게 무방비 도시의 규칙이라고.

툭,

눈송이 하나가 차창에 떨어졌다.

"셋…… 인가?"

뒷좌석의 최가 물었다. 룸 미러로 최를 힐끗 쳐다보았다. 짧게 친 머리에 날카로워 보이는 인상은 여전했다. 외모만으로 외국계 증권사의 애널리스트를 고른다면, 누구나 내 쪽이 아니라 그를 지목할 게 틀림없다. 옛날보다 둥글어진 턱 선과 빛을 잃은 눈빛까지는 어쩔 수 없었지만, 아직은 불콰한 피부도 늘어진 뱃살도 보이지 않았다. 나는 전방으로 시선을 돌리며 느릿하게 대답했다.

"아니…… 넷인데."

"넷? 누가 또……?"

최가 되물었다. 턱 선만 둥글어진 게 아니라 목소리도 둥글어진 듯했다. 말도 빠르고 반응도 빠르던 예전의 그가 아니었다. 나는 말끝을 자르며 대답했다.

"염이 온다는데."

그랬다. 염은 뒤늦게 전화를 걸어왔다. 초저녁이었는데도 취한 목소리였다. 그녀를 조문하는 데 합류하겠다는 것이었다. 나는 잠시 생각한 후, 가능할 거라고, 차에 자리가 있으니 안 될 거 있겠느냐고, 최대한 너그럽게 대답했다. 염은 알겠다

고, 고맙다고, 이게 대체 무슨 일인지 모르겠다고, 마른하늘
에 날벼락도 유분수지 왜 엎친 데 덮치는 것이냐고, 세상이
왜 이렇게 지랄 같으냐고…… 씨팔…… 이라고, 휴대전화 저
편에서 노숙자처럼 열에 들떠 빠르게 중얼거렸다.

예전부터 염과 대화하면 언제나 제 페이스를 잃게 된다는
걸 나는 경험으로 알고 있었다. 그는 혼자 중얼거리듯 떠드는
타입이었다. 대화라는 게 불가능했다. 그의 이야기를 듣다 보
면 말의 요점이 어느 결에 사라져 버리기 때문에, 이쪽에서는
뭐라 대답해야 할지 어리둥절해지곤 했다. 상대의 페이스에
말려드는 것, 제 페이스를 잃는 것, 그건 내 취향이 아니다.
나는 부드럽게 입을 열어 휴대전화 저편에서 계속 중얼거리
고 있는 염의 말을 끊었다. 정각 10시, 터미널 앞이야. 늦지 않
게 나와. 염의 반응을 확인하지 않고 나는 전화를 끊었다. 그
게 두 시간 전이었다.

"잘했다."

최의 목소리가 뒷좌석에서 들려왔다. 이번에는 룸 미러를
바라보지 않았다. 은근히 가르치고 평가하려 드는 건 녀석의
습성이었다. 몸에 밴 것만큼 무서운 것은 없다. 평생 버리지
못하는 습성들이 누구에게나 있는데, 최의 경우에는 말투가
그랬다. 나는 살짝 미간을 찌푸렸다.

K시에 어떻게 내려갈 거냐는 전화를 한 것도 최였고, 이렇

게 늦은 밤에 차를 끌고 와서 픽업하도록 만든 것도 최였다. 여기까지 오느라 꽤 시간을 허비한 셈이었다. 나는 핸들에 손을 얹은 채 입을 열었다. 최대한 느긋한 어조를 유지했다.

"잘하긴, 친구끼리."

"그럼, 친구끼리. 옛날 생각도 나고 좋더구먼."

옛날 생각…… 이라. 엊그제 술자리에서 몸싸움 직전까지 갔던 작은 소동을 말하는 것이었다. 대학 시절 술 마시고 티격태격하던 추억이 떠올라서 좋았다는 뜻이리라. 뭔가 배알이 뒤틀리는 느낌이었다.

발단은 바로 그렇게 말한 그 자신이 아니던가. 페이스도 맞추지 않고 혼자 취해 버린 것도 녀석이었고, 한국 자본주의가 어쩌고 박정희가 어쩌고 하더니 경쟁 모델을 극복한 사회 시스템이 필요하다는 둥, 빈부 격차를 기반으로 한 성장 같은 건 이제 불가능하다는 둥 고리타분한 얘기를 늘어놓은 것도 녀석이 아니던가. 누가 사회학과 시간강사 아니랄까 봐, 신좌파니 사민주의니 주인기표니 하면서 남들은 관심도 없는 현학적인 이론을 들먹인 것도 역시 녀석이었다.

예전부터 그런 태도가 마음에 들지 않았다. 지식인의 오만함에 지식인 특유의 창백한 포즈까지 갖춘 게 녀석이었다. 게다가, 잘했다고? 원인을 제공해 놓고 이제 와서 남 얘기하듯 하는 것도 녀석의 습성 중 하나였다. 남의 반응은 안중에도 없이 제 말에 취해 열변을 토하는 건 어떤가. 제멋에 들떠 떠들어 대는 저 '혁명'이라는 것은 지식인의, 지식인에 의한, 지식인을 위한 것이 아닌가. 진짜 '민중'들은 저 정치혁명에서 단 한 번도 수혜를 받아 본 적이 없지 않은가. 오늘날 민중들의 삶을 그나마 나아지게 한 것은 오히려 자본주의가 아닌가. 문제가 있으면 차분히 고쳐 쓰면 되는 거 아닌가…… 하이에크가 어떻고 폴라니가 어떻고 하는 최의 열변이 고까워진 나머지, 내 입이 열린 것이 실수라면 실수였다.

근데, 자본이 악의 근원이라고 너무 쉽게 떠드는 거 아니냐? 너 고민이 별로 없는 거 같다? 아닌 말로, 니가 자본을 아냐? 인류가 발명한 최고의 작품이 그거라는 건 아냐? 인간의 욕망과 본능을 최대한도로 이용해서 지금 니가 누리고 있는 문명을 발전시킨 게 자본이라는 건 아냐?

실은 나도 내 입에서 그런 문장들이 튀어나올 줄은 몰랐다. 최가 멍한 표정으로 나를 바라보았던 것은 기억하고 있다. 옛 친구들을 만나 밀레니엄 시절로 돌아간 기분에 취해 있다가, 이제야 현실로 돌아온 모양이었다. 그 멍한 표정을 보자 속에서 뭔가가 더 끓어오르는 기분이 되었다. 내 입에서 빠른 속도로 말이 쏟아져 나왔다.

수요 공급 저절로 조절해, 국가가 강제 안 해도 열심히 일하게 해, 신기술 끊임없이 발전시켜, 도대체 자본이 없으면 어떤 꼴이 될 줄이나 아냐? 경쟁이 약해지면 나라 꼴이 유지될 것 같냐? 하향 평준화 외에 다른 게 있을 거 같냐? 하긴, 여가 시간은 더 나시겠지. 국가적으로 게을러지기는 할 테니까. 관료들도 살판나고, 노숙자들도…….

내 말은 거기서 끊겼다.

최가 아니라 엉뚱하게도 염이 입을 열었던 것이다. 이미 만취 상태였던 염은 구석 자리에서 혼자 뭐라 뭐라 알아들을 수 없는 말을 중얼거리고 있었다. 그러다 갑자기 내 말을 듣고는 버럭 소리를 질렀다. 알코올에 찌들 대로 찌든 목소리였다.

야, 너, 너, 너, 이 새끼, 너 예전엔 그 누, 누구냐, 켄 켄…… 켄 뭐였더라, 켄…… 뭐도 좋아하고 그랬잖아, 이 자식아.

뭐라는 건지 알아들을 수가 없었다. 맥락 없이 엉뚱한 데서 말을 시작하는 건 여전했다. 혀는 꼬이고 발음은 부정확했다. 영락없는 알코올중독자에 노숙자였다.

하긴 염은 실제로 '홈리스'라고 했다. 집이 경매에 넘어갔다는 얘기를 이미 오래전에 들은 적이 있었다. 병신 같은 새끼, 나한테 미리 도움이라도 청했으면 어떻게 해 줬을 거 아냐, 라고 나 혼자 화를 낸 기억도 있다. 그건 확실히 옛 친구에 대한 호의였다. 그런데 그 염의 입에서 너저분한 욕설이 마구 튀어나온 것이다.

그때까지만 해도 나는 회사 회식 자리에서처럼 냉정한 미소를 잃지 않고 있었다. 상대에 대해 예의 바른 거리를 만들어 내는 미소 말이다. 염의 입에서 나온 게 욕설뿐이었다면 아마도 끝까지 평정을 유지했을 것이다. 평정을 잃는다는 것은 곧 실패를 의미하니까. 실패한다는 것은 이 세계의 주변부로 밀려난다는 걸 의미하니까.

하지만 이미 넥타이를 최대한 풀어 목을 편하게 한 상태였다. 회사 회식 자리도 아니었다. 자본이 어쩌고 열변까지 토한 뒤였다. 게다가 얼굴부터 양복바지까지 맥주로 뒤범벅이 돼 버린 것이다. 염이 갑자기 끼얹은 맥주 때문이었다. 나는 급격하게 평정을 잃었다. 아니, 아, 뭐, 이, 이런, 병신 새끼가…… 내 입에서 거친 욕설이 튀어나왔다. 동시에 염에게 달려들었다. 그 순간 최가 나를 몸으로 막지 않았더라면 정말 염의 몸을 덮쳤을지도 모른다.

아이고, 다 커 가지고, 왜 이러냐. 응? 응?

최가 제 왜소한 상체를 벌떡 일으켜 나를 막았다. 나는 식식거리며 염을 노려보았을 뿐, 달려들지는 않았다. 순간적으로 허공에 휘두른 주먹이 염의 콧등을 스쳤을 뿐이다. 스치기만 했는데도 그의 코에선 벌건 피가 주르르 흘러내렸다. 그 이미지는 영화 속의 특수 효과처럼 현실감이 없었다. 나뿐 아니라 당사자인 염에게도 그건 마찬가지였던 모양이다. 갑자기 차가워진 표정으로 나를 노려보더니, 옷소매로 슥 제 코를 한

번 닦고는 그만이었다. 나는 그 꼴을 보고 제 풀에 다시 제자리에 주저앉았다.

에이, 씨팔.

나는 거칠게 잔을 들어 맥주를 들이켰다. 시원하기는커녕 타는 불에 기름을 끼얹는 기분이었다. 편의점에서 집어 온 양주를 맥주에 섞은 게 실수였는지도 모른다. 아니, 애초에 이 그룹에 끼어 A의 반지하 방까지 몰려와서 술을 마시기 시작한 게 에러라면 에러였다.

사실 내가 주먹을 거둔 건 최가 막아섰기 때문만은 아니었다. 염의 코에서 흐른 코피 때문도 아니었다. 나를 제자리에 주저앉힌 건 그녀, A의 시선이었다. 주먹을 드는 순간 나는 염의 옆자리에 앉아 있던 그녀의 무심한 시선을 느꼈다. 게다가 그녀 옆에는 아내가 앉아 있었다. 역시 가만히 나를 바라보는 자세였다. 그 둘은 나란히 앉아 조용히 맥주를 마시고 있었다. 벤야민이 어떻고 지젝이 어떻고 하며 최가 현학적으로 떠들 때도, 니가 자본을 아느냐고 내가 목소리를 높일 때도, 그 두 사람은 고요했다. 염이 내게 맥주를 끼얹고 내가 허공에 주먹을 휘두르는 소동을 빤히 바라보면서도, 그들은 소리를 지르지도 않았고 말리지도 않았다…….

염은 그 소동을 기억조차 못하고 있는 게 틀림없었다. 아까 전화를 걸어왔을 때도 그 얘기는 없었다. 예전부터 주사가 있었으니 이런 일은 다반사일 것이었다. 멀쩡할 때는 정상이지만 술만 취하면 하이드를 불러내는 게 염이었다. 하이드가 하는 짓을 지킬이 기억하지 못하는 건 물론이었다. 사람에게는 영영 버리지 못하는 습성이라는 게 있는 법이다.

나는 핸들에 손을 올린 채 입을 열었다. 여유로운 목소리가 내 입에서 흘러나왔다.

"근데…… 이 자식은 도대체 시간을 안 지켜…… 지금 안 떠나면 동틀 때나 도착할 텐데……."

"전화는 해 봤나?"

뒷자리의 최가 물었다. 염에게 해 보았느냐는 이야기였다.

"음. 안 받던데."

나는 느릿하게 대답한 후 덧붙였다.

"5분만 기다려 보고…… 떠나자고."

조수석의 아내도 뒷자리의 최도 별다른 대꾸가 없었다. 나는 계기판의 시계를 흘긋 쳐다보았다. 아날로그식 시침과 분침이 10시 15분을 가리키고 있었다. 이미 약속 시간에서 15분이 지난 셈이었다. 서두른다고 해도 K시에 도착하면 새벽 3시가 넘을 것이다. 광주에서도 한 시간은 더 들어가야 하는 소도시라지 않은가. 가다가 휴게소에 들러 간식이라도 먹어야 하고, 내비게이션이 있다고 해도 초행이니 길을 잘못 들 수도 있고, 그러면 하염없이 길어질 수도 있었다. 벌써 떠났어야 하는데…… 나는 표 나지 않게 한숨을 내쉬었다.

나는 내가 타협적인 인간이라는 걸 알고 있었다. 그런 성격은 수세장에서는 의미가 있지만 길게 보면 강점이 아니다. 인턴 시절부터 테이블 플래너에 붙여 놓은 문장은 이런 것이었다. 투 눔쾀 페리큘럼 사인 페리쿨로 빈세무스(Tu, numquam periculum sine periculo vincemus)! 라틴어로 '그대, 위험 없이는 결코 위험을 정복하지 못하리!'라는 뜻이라고 했다.

하지만 그 문구는 내가 구조 조정 대상에 오르는 걸 막지 못했다. 연준 대책안이 발표되기 이전에, 나는 보험사로의 이직을 결행했다. 넌 여러모로 보험 쪽이 맞을 것 같다. 예전부터 부드러운 목소리로 그렇게 충고한 건 물론 지점장이었다. 편안한 표정에 느리고 여유로운 말투, 그러나 성격은 차갑고 냉혹해서 '누아르'라는 별명을 가진 사람이었다. 그 별명은 어느 술자리에선가 내가 붙인 것이었다.

나는 어째서 언제나 어중간하고 타협적인 것일까? 익숙한 자책을 나는 다시 반복했다. 하지만 그리 심각한 느낌은 아니었다. 하긴 벌써 서른셋이니까. 나이가 든다는 건 자신에 대해 조금씩 무뎌진다는 뜻이기도 하니까. 원숙한 인간이라는 건 어쩌면 자신을 힐난하지 않는 인간이라는 뜻이기도 하니까.

멋지게 죽는 것은 어렵지 않다. 정말 어려운 것은 끝까지 살아남는 것이다.

오래전에 본 영화 속 대사가 희미하게 떠올랐다. 레지스탕스가 한 말이었던가. 그를 밀고한 연인의 말이었던가. 그도 아니면 다른 인물의 말이었는지도 모른다. 어떤 장면이었더라…… 그 순간, 나는 그날 술자리에서 염이 내게 무슨 말을 하려 했는지를 깨달았다.

야, 너, 너, 이 새끼, 옛날에는 그 누, 누구냐, 켄 켄…… 켄 뭐였더라, 켄…… 뭐도 좋아하고 그랬잖아, 이 자식아.

하긴, 지금도 나는 켄 로치를 좋아한다. 그에겐 배배 꼬인 의미 같은 게 없으니까. 그의 직선적인 세계를, 회의 없는 세계를, 나는 부러워했다. 밀레니엄이 어쩌고 Y2K가 어쩌고 하느라 세상이 소란스럽던 무렵에는 더더욱. 염은 그것을 상기시킨 것이다. 사람에게는 버리지 못하는 게 있는 법이지만, 버리지 않으면 안 되는 것도 있는 법이다. 염이 간과한 게 바로 그것이다.

간헐적이긴 하지만 눈발은 무거운 궤적을 그리며 떨어지고 있었다. 거의 직선에 가까웠다. 사람들이 고개를 옷깃에 묻은 채 종종걸음 치는 모습이 눈에 들어왔다. 2월 마지막 날의 밤거리는 을씨년스러웠다. 게다가 윤년이었다. 앞으로 몇 해 동안은 유령처럼 사라질 하루.

연말도 연시도 모두 지나간 뒤였다. 흥청거리던 새해 기분도 사라진 지 오래였다. 완연한 봄기운을 느끼려면 아직 달포는 지나야 한다. 온난화가 진행 중이라는데도 2월의 대기는 갈수록 더 차고 완강하게 느껴졌다. 온난화에 목숨 건 좌파들이 있다더니 2월의 대기는 오른쪽인 것인가…… 하는 지점장의 농담이 떠올랐다. 추운 것도 온난화 때문이라던데요, 라고 누군가 분위기 파악 못 하고 대꾸했다. 증시 쪽 안개가 풀리려면 유럽과 일본의 양적 완화 조치 윤곽이 잡히는 3월 초는 되어야 하는데…… 그런 생각이 습관처럼 떠올랐다. 물론 이제 나와는 상관없는 일이지만.

다소 충동적으로, 오디오의 플레이 버튼을 눌렀다. 차 안의 침묵이 부담스러웠는지도 모른다. 뒷자리에 앉은 최도, 조수석에 앉아 있는 아내도 말이 없었다. 레이철 야마가타의 2집 앨범이 데크에 들어 있었다. 야마가타는 일본계 미국 가수로, 지점장이 좋아한다는 뮤지션이었다. CF에도 자주 나온다고 했다. 냉혹하리만치 차가운 '누아르'가 소년 같은 표정을 짓는 건 음악 얘기를 할 때뿐이었다. 음악 애호가 애널리스트. 그건 나의 로망이기도 했다. 실은 애널리스트가 아니라 지점의 리테일 영업직에 불과했지만.

슬픔에 찬 여가수의 목소리가 차 안을 흐르기 시작했다.

만일 숨을 거두는 코끼리들이
모든 걸 기억한 채 떠나야 한다면,
그들이 비명을 지르는 건 당연하다네.
너와 나처럼,
코끼리들에게도 감정이라는 것이 있을 테니까.
나는 평원에서 그들의 꿈을 꿔.
그들의 보금자리를 더럽히고
그들의 뜨거운 머리를 식혀 줄 비의 신호를 기다리지.
그리고 어떻게 넌 내게 그런 카드를 보낼 수 있는지.
나는 내가 할 수 있는 모든 걸 하고 있는데.
너는 내가 모든 걸 기억하길 강요하네.
내가 유일하게 바라는 건 단지
너를 잊는 것뿐인데.

심장에 슬픔이라 할 만한 감정이 차오르는 것을 나는 느끼고 있었다. 아까 저녁 식사를 하면서 맥주를 마셨기 때문인지도 모른다. 두 캔 정도였고, 운전하는 데는 무리가 없었다. 오늘도 낯익은 밤이, 지나온 수많은 밤들과 같은 그런 밤이, 곁을 지나고 있었을 뿐이다. 그녀의 사망 소식을 듣기 전까지는.

그랬다. 나는 평소처럼 조기구이와 더덕과 감자조림이 정갈하게 놓인 식탁에 앉아 있었다. 평범하고 평화로운 평일 저녁이었고, 아내와 함께였고, 아사히를 잔에 따른 직후였다. 전화가 걸려 온 순간 나는 조기구이를 물끄러미 바라보고 있었다. 조기는 마름모꼴 도기 그릇 가운데 놓여 있었다. 두 마리였고, 정확하게 같은 방향을 바라보고 있었다. 나는 젓가락으로 배를 찔러 조기의 몸을 북 찢었는데, 그 순간 엉뚱한 생각이 떠올랐다. 누군가 내 몸에 젓가락을 찔러 넣어 북 찢어 준다면…… 갈가리 찢어 준다면…… 이상한 쾌감이 몸속의 혈관을 빠르게 흘러갔다.

아내가 휴대전화로 걸려온 전화를 받는 동안, 네 네 간헐적으로 답하며 누군가의 말을 주의 깊게 듣는 동안, 나는 조기의 살을 발라내고 있었다. 아내가 전화를 끊었을 때는 조기의 살과 뼈가 깨끗하게 나뉘어 있었다. 아마도 나는 이미 예감하고 있었을 것이다. 어떤 힘이 이 평화로운 일상을 한꺼번에 흐트러뜨리리라는 것을.

겨울밤의 신도시, 어두운 거리의 가로등, 점점이 떨어지는 빗방울, 바쁘게 지나가는 행인들…… 이것은 전단지가 눅눅하게 젖어드는 밤의 터미널이었다. 이제 아내와 친구를 태운 채 K시까지 긴 야간 운전을 해야 하는 것이다. 레이철 야마가타의 쓸쓸한 목소리가 점점 깊어 가고 있었다. 그때 조수석에 앉아 있던 아내가 손을 뻗어 볼륨을 줄였다. 들릴 듯 말 듯

할 정도로 음량이 줄어들었다. 나는 고개를 슬쩍 돌려 아내의 얼굴을 쳐다보았다. 아내는 무심한 표정으로 정면을 바라보고 있었다. 방금 자신이 오디오의 볼륨을 줄였다는 사실을 모르는 듯한 표정이었다. 아내라면 그럴 수 있겠다는 생각이 들었다. 자신이 무엇을 하고 있는지 스스로도 잘 모르는 순간들. 아내에게 그런 순간들이 있다는 것을 나는 알고 있었다.

하지만 내 마음을 읽기라도 한 듯, 아내가 눈에 뜨이지 않을 만큼 운전석 쪽으로 몸을 기울이며 말했다. 한껏 낮춘 목소리였고, 시선은 정면에 둔 채였다.

"음악 들을 때가 아니잖아."

나는 반대편 창밖으로 고개를 돌렸다. 말싸움 같은 건 하고 싶지 않다며 입을 다물어 버린 건 내가 아니라 아내였다. 최를 픽업하기 위해 터미널로 오는 차 안에서도 아내는 한 마디도 말을 하지 않았다. 말을 하지 않는 방식으로 말하는 것, 그건 아내의 특기 중 하나였다. 한번 침묵의 늪에 발을 들여놓으면 며칠이고 입을 닫는 사람, 그게 그녀였다.

그런 증상은 아이를 잃은 뒤로 더 심해진 듯했다. 넘어진 것도 아니고 놀란 것도 아니었다. 폭력 같은 것에 노출된 것도 아니었다. 정기검진 중에 유산되었다는 진단을 받았을 뿐이다. 무슨 충격을 받은 일이 있느냐, 출혈이 있지 않았느냐, 젊은 레지던트가 여러모로 질문을 던졌다. 옆에 앉은 아내는 고개를 저을 뿐이었다. 레지던트가 뿔테 안경을 고쳐 쓰며 결론을 내리듯 말했다. 말투나 태도가 담당의를 꼭 빼닮은 친구였다.

아, 우연히 그런 일이 일어나기도 합니다. 그냥 우연인 거죠. 태아의 염색체 이상 때문일 수도 있고, 여러 요인이 복합적으로 작용하기도 해요. 그걸 어쩌겠어요?

그걸 어쩌겠어요? 라고 말하며 그는 우리에게 되묻듯 말꼬리를 올렸다. 나는 고개를 끄덕여 수긍한다는 뜻을 표했다. 세상에는 수긍하지 않으면 안 되는 일이 있다. 더구나 그것이 우연일 때는 더더욱.

아내는 눈에 띄게 말을 잃어 갔다. 때로는 입을 여는 데 일주일이 걸리기도 했다. 나는 처음에 그 침묵을, 배 속에서 사라진 아이에 대한 애정과 상실감, 그에 따른 심리적 외상 탓이라고 해석했다. 당연한 해석이었다.

하지만 아내가 침묵하는 건 내가 생각하는 그런 원인 때문이 아닐지도 모른다…… 단지 그냥, 아무런 이유도 없이, 입을 닫고 있는 것인지도 모른다…… 좀 기이하기까지 한 그런 생각은, 아내와 소파에 앉아 뉴스를 보던 어느 저녁에 떠올랐다. 병원에 다녀온 지 한 달쯤 지난 어느 날이었다. 문득 머릿속에 떠오른 그 생각은 천천히 확신으로 변했다. 내가 무언가를 생각했다기보다는, 그 생각이 머릿속에서 태어나 저절로 성장하는 것 같은 느낌이었다.

나는 아내에게 나의 확신이 맞는지 물어보기 위해 고개를 돌렸다. 뉴스를 보고 있는 아내의 옆모습을 보는 순간, 기묘한 이질감이 나를 휘감았다. 옆에 앉아 있는 아내가 마치 지금 막 처음 만난 사람처럼 느껴진 것이다. 이질감은 마치 긴 혓바닥을 가진 뱀처럼 내 몸을 서서히 감아 들어왔다. 나는 입을 다물고 다시 텔레비전 쪽으로 시선을 돌렸다. 화면에는 여아를 성폭행하고 살해한 범인이 모자를 쓴 채 현장검증을 하는 모습이 떠 있었다.

시계태엽 오렌지

최崔

나는 수학에 대한 동경을 가지고 있지만, 나에게 수학적 재능이 허용되지 않았다는 것은 알고 있다. 다른 차원의 시공간을 상상하고 거기에 숫자와 기호 들을 배치하는 일은 기이하게 느껴지기까지 한다. 나는 좌표라는 것을 이해하지 못한다. 기호 체계들의 자족적 논리에는 혐오감마저 들었다. 미분이나 적분의 세계에는 인간과 인간의 관계가 결여되어 있다. 경제학과를 가지 않고 사회학과를 택한 건 그런 이유였다. 차라리 문학을 했더라면 좋았을 텐데, 라고 생각한 적도 있다. 하지만 그랬다면 나는 또 문학이라는 그 가련한 뜬구름들을 견디지 못했을 것이다. 세계가 문득 낯설어지고 증명할 수 없는 방식으로 비약하는 시의 세계에 동의할 수 없다는 것, 플롯이니 주인공이니 복선이니 하는 소설의 허구적 장치들이 단지 정신적 낭비로 느껴진다는 것, 그 세계들을 '자유'라고 부를 수 없다는 것, 그것이 나의 불운이라면 불운이었다.

중고로 구입한 아반떼가 카센터에 들어간 것은 엊그제였다. 귀가하다 일어난 경미한 사고 때문이었다. 취중에 운전을 하다 아파트 주차장 진입로 벽을 긁은 것이다. 오른쪽 사이드미러가 부서지고 몰딩이 상한 것은 물론 차체 옆면에 긴 스크래치까지 났다. 집에 다 와서였으니 망정이지, 도로에서 사고가 났다면 곧바로 면허가 취소되었을 것이다. 아니, 면허 같은 게 문제가 아니다. A가 아니라 내가 이 세계에 존재하지 않았을 테니까. A가 아니라 내가 다른 세계에 속하게 되었을 테니까. 다른 차원의 사물이 되어 화장로의 불 속에서 타올랐을 테니까. 나는 내 목을 쓰다듬었다. 하지만…… 차라리 그편이 낫지 않았을까.

K시에 도착한 뒤에도 버스나 택시로 꽤 들어가야 한다고 했다. 김과 정 부부를 만나 동행하기로 한 건 그 때문이었다. 엊그제 술자리를 생각하면 내키지 않는 일이었다. 어차피 터미널에서 만날 바에는 그냥 고속버스를 타고 가서 택시를 이용해도 됐을 텐데…… 택시를 타고 기사에게 말하면 됐을 텐데…… 이 세계에서 가장 먼, 다른 세계로 가 주시오. 내가 취소된, 다른 세계로…… 라고.

터미널에 도착한 것은 약속 시간에서 몇 분이 지난 뒤였다. 터미널은 먼 곳에서 음울한 상자 같은 모습으로 서 있었다. 진눈깨비가 흩날리고 있었다. 밤의 시외버스 터미널이야말로 한국 사회의 인간 군상을 가장 흥미롭게 관찰할 수 있는 곳이라고 생각한 적이 있다. 부르주아들은 이곳에 오지 않는다. 이곳을 왕래하는 것은 하위 계급들이다. 표를 구하지 못해 동동거리는 사람들, 호객하는 사람들, 담배 피우는 사람들, 새우잠을 자는 사람들, 찜질방을 찾는 사람들, 인근 집창촌으로 향하는 사람들…… 말이다. 이 모든 사람들의 평균값을 내고, 그 평균값에 가장 근접한 사람이 있다면 만나 보고 싶다는 엉뚱한 생각이 들었다.

이미 약속 시간은 지나 있었다. 나는 거의 뛰기 시작했다. 서두르는 통에 담배를 피우고 있던 중년 남자와 어깨를 부딪쳤다. 낡은 회색 파카를 입은 남자였다. 며칠은 씻지 못한 행색이었다. 마치 거리의 일부처럼, 또는 거리에 속한 낡은 시설물처럼 느껴졌다.

저런 씨팔놈이, 눈은 장식으로 달고 다니나.

중년 남자의 욕설이 내 등에 와 박혔다. 나는 한참을 더 달려가다가 천천히 걸음을 멈추고는 뒤돌아섰다. 중년 남자와 눈이 마주쳤다. 남자는 손을 주머니에 넣고 서서 내 얼굴을 물끄러미 바라보고 있었다. 방금 욕설을 날린 사람이라고는 믿을 수 없을 만큼 무표정한 얼굴이었다. 마치 판화 속의 얼굴 같다는 생각이 머릿속을 지나갔다. 저 남자와 나는 서로 다른 세계에서 살아가는 사람이다. 그런 느낌이 강렬하게 나를 사로잡았다. 불쾌한 감정 같은 것은 없었다. 남자가 다시 입을 열어 뭐라고 내뱉으려는 순간, 나는 나도 모르게 몸을 돌려 빠른 걸음으로 약속 장소로 향했다.

먼발치에 김의 승용차가 보였다. 이상한 생각이 들었다. 방금 내게 욕설을 퍼부은 중년 남자가, 방금 내 머릿속에서 태어난 그 사람이 아닐까? 하위 계급들의 평균값을 냈을 때 그 평균값에 가장 근접한 사람이?

저런 씨팔놈이, 눈은 장식으로 달고 다니나.

나는 어쩐지 그 욕설이 마음에 들었다. 중년 남자의 욕설을 웅얼웅얼 반복하면서 나는 걸음을 재게 놀렸다. 저런 씨팔놈이, 눈은 장식으로 달고 다니나. 저런 씨팔놈이…… 욕설이 내 혀끝에서 리드미컬하게 오르내렸다.

김의 검은색 인피니티에 오른 뒤, 나는 혼자 A에게 가지 않은 것을 다시 후회했다. 누군가를 만나서 그녀의 죽음에 대해 말한다는 것은 대체 무엇을 의미하는 것일까? 서로의 안부를 묻고 그녀를 추억한다는 것은 대체 무엇을 위한 것일까? 누구였던가? 애도란 산 자들의 것이라고 말한 이가. 죽음이 뚫어 놓은 구멍을 메우기 위한 산 자들의 의식이라고 말한 이가. 그렇다. 그것은 삶을 지속하기 위해 수행하는 인간의 제도에 불과하다. 나는 애도하는 인간이 되고 싶지 않다. 나는 그 구멍 속으로 나 자신을 들이밀고 싶은 인간이다. 그 구멍이 나를 잡아먹을 때까지. 그 구멍이 나를 완전히 수긍할 때까지.

A가 죽었다. A가 시신으로 변했다. 삶이 제거된 하나의 물질로 바뀐 것이다. 혈관의 피와 뇌의 운동이 정지한 것이다. 그 물질을 애도한다는 것은 무슨 의미인가. 죽음을 완성하고 승인해서, 죽은 자의 삶을 이 세상에서 완전히 떼어 내겠다는 뜻 아닌가. 시신의 세계에서 보면 추모라는 형식 자체가 이미 모욕이 아닌가. 이미 나 자신이 그 모욕의 일부가 아닌가. 내가 얼굴을 일그러뜨리는 순간, 운전석의 김이 말했다.

"염이 온다는군."

나는 생각에 정지 버튼을 눌렀다. 찰칵. 생각이 멎는 소리가 들렸다. 이어서 엊그제 있었던 작은 소동, 김과 염이 연출한 다소 험악한 분위기가 떠올랐다. 앞자리의 김이 다시 입을 열었다.

"근데…… 이 자식은 도대체 시간을 안 지켜…… 지금 안 떠나면 동틀 때나 도착할 텐데……."

누그러진 목소리였다. 당연한 일인지도 몰랐다. 코피가 터진 건 김 자신이 아니라 염이었으니까. 낮고 캄캄하고 축축한 A의 반지하 방까지 찾아가 벌인 오랜만의 술자리를 난장판으로 만든 것 역시 김 자신이었으니까. 한국 주식시장의 변동성과 서브프라임 모기지 얘기를 꺼낸 것도 그랬고, 일본처럼 자본을 몰아 줘야 성장이 가능한데 한국은 노조가 너무 세다는 둥, 성장을 하지 않으면 복지고 뭐고 다운그레이드라는 둥, 규제 공화국인 우리나라가 신자유주의라는 건 뭘 모르는 얘기라는 둥, 자본주의만큼 자연과 인간 본성에 가까운 제도는 없다는 둥, 그런 이야기를 꺼낸 것도 김 자신이었으니까. 나를 참을 수 없게 만든 것도 그 자신이었으니까.

보수 언론이 제작한 녹음 테이프를 튼 기분이었다. 노동 착취로 성장한 국가가 여전히 그 착취를 포기하지 않으려는 논리. 일하는 자들의 고통을 끝없이 요구하는 성장의 논리. 철저하게 동물화된 약육강식의 세계. 수긍할 수 없는 지배와 피지배의 세계…… 자본주의라는 제도에 미칠 듯한 적의를 느끼던 시절의 감정이 나를 엄습했다. 하지만 그 녹음기를 끈 것은 내가 아니라 구석에 말없이 앉아 있던 염이었다. 갑자기 뭐라 뭐라 소리를 지르며 김에게 맥주를 끼얹었던 것이다. 맥주 세례를 받은 김의 얼굴이 붉어졌다. 동시에 그 커다란 몸이 염을 향해 달려들었고, 내가 간신히 그걸 막아섰다. 하지만 그 난장판을 한순간에 고요하게 만든 건, 좁고 흐릿하고 축축한 반지하 방의 주인인 A였다. 그녀의 조용하고 낯선 목소리였다.

얘들아…… 뭐해?

그건 뭔가 다른 공간, 다른 시간에서 들려오는 목소리 같았다. 그건 너희들 지금 뭐 하고 있느냐고 질책하는 목소리가 아니었다. 친구들이 정말 궁금한 소녀의 목소리…… 저 바깥 세계에서 이쪽 세계로 흘러 들어온 희미하고 의아해하는 목소리…… 그런 느낌이었다. 덩치 큰 김이 슬금슬금 주저앉았다. 왜소한 염 역시 제 소매로 얼굴을 슥 닦고는 술잔을 들어 입에 털어 넣었다. 그게 그 작은 소동의 전말이었다.

"5분만 기다려 보고 가자고."

운전석의 김이 그렇게 말했을 때, 나는 A에 대해 생각하고 있었다. 그녀가 사라졌고…… 다시 5분은 흘러갈 것이다. 그녀가 사라졌고…… 우리는 5분을 기다렸다가 떠날 것이다. 5분이란 얼마나 기이한 시간인가. 5분이란 무엇이 시작해서 무엇이 끝나는 시간인가. 그녀의 마티즈가 전복되고, 화재가 일어나고, 옷에 불이 붙고, 손끝과 발끝에서 불이 올라오고, 머리카락이 타올랐을 것이다. 그녀가 이 세계에서 다른 세계로 건

너가는 데는 5분도 걸리지 않았을 것이다. 무수한 원인과 결과가 얽혀 이 세계가 만들어지고, 유지되다가, 무너지는 데, 5분이란 얼마나 긴 시간인가. 아무리 태엽을 돌려도 되돌아갈 수 없는 그 머나먼 세계, 5분의 저편.

김이 틀어 놓은 음악이 차 안에 가득 찼다. 올리비아의 「러브(LOVE)」였다. 달콤한 목소리를 가진 싱가포르계 가수의 리듬이 차 안에 흐르기 시작했다.

> *L은 당신이 나를 바라보는 시선,*
> *O는 내가 보고 있는 유일한 것,*
> *V는 아주 특별해.*
> *E는 당신이 존중하는 누구보다도 더 소중하네……*

문득 혐오감이 치밀어 올랐다. 저 사랑을 부정할 수 있다면 무엇이든 할 수 있을 것 같았다. 뭔가 불쾌한 말이 튀어나오려는 것을 내가 겨우 억누르고 있을 때, 올리비아의 목소리가 절정에 도달했을 때, 문득 음량이 잦아들었다. 조수석의 정이 볼륨을 줄인 것이다. 그녀가 김 쪽으로 몸을 기울이며 말하는 소리가 들렸다. 억제된 목소리였다.

"음악 들을 때가 아니잖아."

김의 표정이 문득 일그러지는 게 백미러로 보였다. 뒤통수에도 표정이 있다면, 그것 역시 일그러졌을 것이다.

김이 차에 시동을 걸었다. 5분이 지난 모양이었다. 김의 휴대전화가 울린 것은 그 순간이었다. 왼손으로 핸들을 잡은 채 그가 전화를 귀에 갖다 댔다. "응, 그래? 응, 응, 응. 그래, 그래, 아니, 그렇다니까, 그래, 거기." 하더니 전화를 끊었다. 김은 말 없이 전방을 주시했다. 진눈깨비들이 몰려와 차창에 들러붙었다.

"여기까지 올 시간이 안 돼서 그냥 그쪽에서 고속버스를 탔다는군. K시 터미널에서 기다리겠다는데."

기어를 넣고 차를 출발시키면서 김이 덧붙였다.

"차 없이는 들어가기 어려운 곳이라……."

그러고는 곧바로, "새끼, 전화 좀 빨리빨리 하지."라고 말했다. 짐짓 활기찬 목소리였다. 나와 정은 입을 열지 않았다. 김은 올리비아의 음악을 끄고 라디오를 틀었다. 라디오에서 흘러나온 일기예보는 전국이 맑고 청명하다는 소식을 전하고 있었다. 김이 중얼거렸다.

"이거…… 뭐라는 거야. 예보가 이상하네. 지금 날씨가……."

전방에 시선을 둔 채 김이 말을 이었다.

"……눈이 오는데 웬 청명."

조수석에 앉아 있던 정이 어눌한 어조로 반응했다.

"눈…… 인가? 비 아니고?"

핸들에 한 손을 얹은 채 김이 차창을 조금 내렸다. 손가락을 열린 틈으로 내밀어 보더니 말했다.

"비야? 눈 아니고?"

이번에는 내가 말했다.

"진눈깨비라고 하지, 이런 걸."

김이 백미러로 나를 힐끗 쳐다보았다.

"대학 강사 아니랄까 봐, 가르치려 드는 건 여전하시구먼."

나는 거울을 통해 희끄무레하게 보이는 김의 얼굴을 바라보았다. 김의 입술은 계기판에서 흘러나오는 붉은빛으로 물들어 있었다. 진눈깨비는 우리의 대화에 아랑곳하지 않고 차창에 들러붙었다.

우리는 겨울밤을 달리고 있었다. 곧 고속도로로 접어들 것이었다. 2월의 마지막 밤이었다. 멀리 고속도로를 알리는 표지판이 보일 즈음, 뉴스에서 사고 소식이 흘러나왔다. 캐스터의 목소리는 다소 호기로웠다. 호남고속도로 논산 분기점 하행선 방면 3킬로미터 지점을 달리던 승용차가 빗길에 미끄러지면서 추돌 사고가 났다는 소식이었다. 「대한늬우스」에나 나올 법한 억양을 가진 뉴스 캐스터는 탑승자들 전원이 사망한 것으로 추정된다고 말했다. 해당 지점을 운행하는 운전자들은 국도로 우회하라는 안내도 덧붙였다.

운전석의 김이 중얼거리듯 말했다. 사고 소식을 들었는지 못 들었는지 다소 엉뚱한 말이었다.

"비가 더 오려나 보네."

나는 나도 모르게 무의미한 말을 뱉었다.

"진눈깨비라니까."

김이 느릿하게 대답했다.

"빗길이라잖아, 뉴스에서."

그때 침묵을 지키고 있던 조수석의 정이 들릴 듯 말 듯 한 목소리로 중얼거렸다.

"A가…… 어디 갔지?"

소리는 작았지만, 그 말은 이상한 힘으로 김과 내 입을 틀어막았다. 차 안은 순식간에 정적으로 가득 찼다. 정적을 만드는 건 그녀의 특기였다. 그녀의 말은 맥락이 다른 곳에서 툭 튀어나오곤 했다. 엉뚱하다면 엉뚱했지만, 달리 생각해 보면 어딘지 정확하다는 느낌을 주기도 했다. 게다가 어투에 배어 있는 기묘한 진지함 때문에 사람들은 그녀의 말을 무시하지 못했다. 그녀의 말을 무시하는 것 자체가 그녀라는 존재를 통째로 부정하는 듯한 느낌을 주었기 때문이다. 나 역시 그런 느낌을 받곤 했다. 무심코 그녀의 말을 무시한 뒤로는 이상한 죄책감에 시달렸다. 앞자리의 김이 그녀의 말을 이었다. 절제

된 슬픔이 깃든 어조였다.

"A가…… 그래, 어디 갔을까……."

내가 김의 말을 받아 말했다.

"사실 걔가, 영화 일에는 안 어울렸지. 도대체 활동적인 걸 몰랐잖아. 우울증에 시달리는 사람이 영화라니…… 영화란 건 사람들하고 부딪치는 일인데…… 조용하고 내성적인 애가……."

조수석의 정이 전방에 시선을 둔 채 말했다. 내 말이 엉뚱하게 들린다는 투였다.

"무슨 말이야? 조용하고 내성적이라니? 걔가 얼마나 활동적이었는데?"

그리고 덧붙였다.

"옛날에 응원단이었잖아."

"응? 응원단이었어?"

내가 되물었다. 몰랐던 사실이었다. 그토록 조용하고 차분하던 A가 응원단이었다니? 나로서는 상상하기 어려운 일이었다. 단상에서 짧은 응원단 치마를 입고 음악에 맞춰 격렬한 율동을 하는 A라니…….

운전을 하던 김이 자신 없는 목소리로 물었다.

"신입생 때 좀 하다가 곧 그만뒀지? 조울증 때문에?"

"아니. 3학년 때까지 꽤 열심이었어, 걔가."

정이 단정적으로 말했다. 묘한 느낌이었다. 내가 알던 A는 A가 아닌 것 같았다. 내가 상상할 수 없는 그녀가 이 세계에 존재했다는 느낌이 들었다. 그녀는 행동이라는 것이 지워진 듯한 사람이 아니었던가? 움직이는데도 정지한 것 같은 느낌을 주지 않았던가? 고요한 문장으로만 존재하는 것 같은 느낌이 아니었던가? 나는 그녀의 입술에서 응원가가 흘러나오는 모습을 상상할 수 없었다. 그녀의 몸이 격렬하게 움직이는 것을 상상할 수 없었다.

앞자리의 정이 입을 열었다. 혼잣말인 듯 아닌 듯, 심상한 어조였다. A가 응원단이었다는 사실은 이미 흥미롭지 않다는 투였다.

"근데 왜 K시에서 장례식을 하는 거지?"

운전을 하던 김이 "그러게. 서울이 낫지 않나? 서울에서 살았는데."라고 말을 받았다.

"조문할 사람들이 K시에 있으니까 그런 거 아니겠어?"라고 대꾸한 건 나였다. 정이 다시 입을 열었다.

"그렇다고 시체를 거기까지 운반해?"

이번에는 김도 나도 대답하지 않았다. 정의 입에서 나온 단어가 귀에 거슬렸다. 시체라니. 엊그제까지 살아 움직이던, 살과 피를 가진, 우리의 기억 속에서는 여전히 고요한 공기 같은 그녀가 아닌가. 불쾌한 느낌이 벌레처럼 피부로 올라왔다. 하지만 운전을 하던 김은 나오는 느낌이 달랐던지, 지나가는 투로 이렇게 말했다.

"화장을 해야 하는 거 아닌가? 요절한 시신이나 자살한 시체는?"

조수석의 정이 제 남편 쪽으로 고개를 돌렸다. 내가 반사적으로 말했다.

"무슨 말이야? 자살이…… 아니라 사고라고 하지 않았어?"

정이 내 말을 이었다.

"그래. 교통사고라고…… 난 그렇게 들었는데."

김이 다소 당황한 목소리로 수습했다. 자신이 무슨 말을 뱉은 것인지 이제야 깨달은 사람의 목소리였다.

"그렇지, 교통사고. 그러니까, 사고로 일찍 죽은 사람이나 살해당한 사람은 보통 화장을 하지 않느냐 그 말이지."

"살해?"

내가 물었다. 미간이 찌푸려졌다. 참을 수 없는 무엇이 내 안에서 연기처럼 피어올랐다. 김이 다시 얼버무렸다.

"아니, 말하자면."

전방과 백미러를 번갈아 바라보던 김이 이번에는 정을 향해 물었다.

"그러고 보니…… 사고가 어떻게 난 거래?"

이미 대화에 관심을 잃었다는 듯 정이 대꾸했다.

"모르겠는데."

약간의 침묵이 흐른 뒤 그녀가 다시 짧게 덧붙였다.

"그냥 교통사고라던데…… 나한테는."

김이 말을 받았다.

"하긴 걔가 후더닛 무비를 좋아하긴 했지."

"후더닛?"

정이 되묻자 김이 덧붙였다.

"후, 해즈, 던, 잇. 누가, 그걸, 했는가. 누가 범인인가, 누가
죽였는가. 그런 거라던데. 이거 니가 나한테 설명해 준 거 아
니냐?"

김이 백미러로 나를 바라보며 물었다. 꼭 답을 구하려는
물음은 아니었다. 그런 현학적인 용어를 쓸 사람이 나 말고
또 있겠느냐는 듯한 어조였다. 나는 창밖으로 고개를 돌렸다.

모든 사건은 아주 짧은 시간만을 필요로 한다. 적어도 겉
으로 드러나는 순간에는.

A가 전화를 걸어온 며칠 전도 마찬가지였다. 나를 비롯한
동기들을 초대하는, 일종의 '시사회'라고 했다.

"시사회?"

나는 계몽주의에 대한 강의를 마치고 막 사회대 계단을 내

려오고 있었다. 우주에 있는 모든 존재들의 수학적 위치와 운동량을 알 수 있다면 어떨까요? 그러면 미래를 낱낱이 알 수 있을까요? 그런 질문을 던지면서 강의를 마친 뒤였다. 라플라스의 악마 얘기였다. 운동의 조건들을 모두 알고 있다면 앞으로 일어날 일을 미리 알 수 있다는 가설. 가령 육체와 영혼의 조건을 모두 이해하고 그를 둘러싼 환경 정보들을 모두 수집할 수 있다면? 그렇다면 인간은 죽음의 시기와 순간을 정확하게 예측할 수 있지 않을까? 가령 누가 언제 어디서 교통사고로 죽는다든지…… 어떤 상황과 상태에서 자살을 결심하게 된다든지…… 하는 그 모든 것을.

A는 '친구들을 위한 사적인 시사회'라고 했다. 통화 상태가 좋지 않았다. 목소리는 끊겼다가 이어졌고 이어지다가 끊겼다. 사실 나로서는 시사회라는 말 자체가 신선한 느낌이었다. 그녀가 사설 아카데미에서 영화를 만들었다는 것 자체가 반가웠는지도 모른다. 시나리오 비슷한 걸 쓴다는 건 오래전부터 알고 있었지만 직접 영화를 만들 거라고는 생각하지 못했다.

휴대전화 저편에서 그녀의 목소리가 허공을 건너와 귓속으로 스며들었다. 이 영화가 처음이자 마지막일지도 모른다고 했다.

"처음인 건 알겠는데, 왜 마지막이냐?"

통화 상태가 좋지 않아서인지 그녀는 내 질문에 대답하지 않고 시간과 장소를 알린 뒤 곧바로 전화를 끊었다.

나중에 알고 보니, 장소는 극장이 아니라 구립 도서관의 시청각실이었다. 시사회에 초대된 사람 역시 우리 넷뿐이었다. 지금 K시를 향해 달려가고 있는 김과 정 부부, 약속 장소에 나타나지 않은 염, 그리고 나.

우리는 한때 '패밀리'였다. 함께 수업을 듣고, 함께 밥과 술을 먹고, 함께 공부를 했다. 나는 '시절'이라는 단어에 호감을 갖고 있지 않다. 그 단어는 지나간 시간을 지나치게 낭만적으로 채색한다. 나는 과거에 과도한 의미를 부여하는 유형의 인간이 아니다. 시간은 현재라는 시간 속에서 무한하게 수렴되고 반복되며 부서지는 파동일 뿐, 과거 현재 미래의 순서를 따라 흐르는 아득한 강물이 아니다.

하지만…… '시절'이라고밖에 달리 말할 수 없는 시간이 있다. 비가 내리는 밤의 창밖에 시선을 두고 있으면 친구들과 보낸 그 시절의 이미지가 스냅사진처럼 유리창에 비치곤 했다. 그것이 감상일 뿐이라는 건 알고 있다. 재구성된 과거, 기억과 감정이 조작한 과거. 하지만 그건 우리가 현재의 자신을 지탱하는 가난한 방편이기도 하다. 나는 차라리 그 환각을 즐기기로 했다. 내 마음이 편집한 그 이미지들에 스스로 음악을 덧입히기까지 하면서. 라플라스의 악마는 자신이 돋보일 수 있도록 감상과 낭만이라는 우스꽝스러운 적을 만들어 냈는지도 모른다.

패밀리의 두 멤버였던 김과 정. 그들은 이미 결혼한 지 3년
이 된 부부였다. 김은 잘나가는 애널리스트라고 했다. 내게는
낯설고 어색한 이름의 직업이다. 정은 동화를 쓴다고 했다. 읽
어 본 적은 없다. 나는 아이들의 영혼에 별다른 매력을 느끼
지 못한다. 아이들의 영혼이란 사회화를 거치기 전이라는 의
미 외에는 없으니까. 곧 수많은 낙서로 너덜너덜해질 연약한
페이퍼. 또는 조금 더 동물에 가까운, 부드럽고 말랑말랑한
욕망 덩어리.

또 다른 멤버 염은 대학을 중퇴한 뒤 무슨 오퍼상을 차렸
다고 했다. 얼마 전 미국 금융 위기 때 파산한 뒤로는 동창들
에게 손을 벌리고 다닌다는 소문도 있었다. 그저 소문일 뿐이
었는지도 모른다. 나에게 손을 벌린 적은 없으니까. 하긴, 나
로서도 그의 벌린 손을 바라보며 멀뚱히 서 있는 것 외에는
할 수 있는 일이 없었을 테지만.

A? 그녀는 잘 모른다. 잘 모르겠는 것이 그녀인지도 모른
다. 텅 빈 것, 비어 있어서 감당할 수 없는 것, 그런 것이 그녀
였을 것이다. 그랬다. 그녀에 대해서는 한 마디도 할 수 없는
데도, 그녀는 언제나 빽빽하게 그곳에 있었다. 약간은 웃는 모
습으로. 하지만 완전히 웃지는 못하겠다는 표정으로.

그녀의 초대로 오랜만에 만난 친구들이었지만, 분위기는 침울했다. 늦은 겨울이었고, 비가 내리고 있었다. 게다가 우리가 모인 곳은 차고 축축한 공기가 유령처럼 허공을 떠도는 변두리 구립 도서관의 시청각실이었다. 예전처럼 영화가 문화의 첨병인 시대가 아니었다. 재능과 열정을 가진 이들이 영화계로 몰려가는 것도 아니고, 고전과 아방가르드 영화에 대한 지식을 과시하는 게 유행인 시대도 아니었다. 멀티플렉스에 올라갈 블록버스터라든가, 칸이나 베니스를 휩쓴 영화가 아니면 대부분 화제에 오르지도 않았다.

그녀는 제 영화를 이렇게 소개했다. 이것은 그저 영화에 대한 애정을 소박하게 기념하는 행위라고, 고다르의 「네 멋대로 해라」처럼 시나리오도 없이 찍은 작품이라고, 돈이라고는 식비밖에 들지 않았으니 영화관에서 상영하는 영화들을 생각하지는 말아 달라고. 과연, 프로젝터로 쏜 영화는 화질이 그리 좋지 않았다. 홈 비디오카메라로 찍은 듯 거친 화면이었다. 의도한 것이 아니라 여건이 그랬기 때문에 어쩔 수 없다는 식이었다. 조악하다고밖에 할 수 없었다. 게다가 비현실적인 이미지들의 연쇄였다. 특수 효과가 없는 환각, 난해하고 단절적인 이미지들.

앞자리에 앉은 김은 졸지 않기 위해 안간힘을 쓰는 듯했다. 고개가 떨어지는 순간 다시 튕기듯 올라갔다. 나는 옆쪽을 힐끔 돌아보았다. 정과 염은 화면에서 눈을 떼지 않고 있었다. 집중하고 있는 게 틀림없었다. 아니, 피동형으로 말해야 하는지도 모른다. 그들은 집중되어 있었다. 화면에서 빠져나오지 못하는 인물들처럼.

나는 그들의 표정이 아주 낯익다는 데 생각이 미쳤다. 고전 영화를 감상하던 시네마테크의 어둠이 떠올랐다. 동아리방의 불을 끄고 비디오를 틀어 놓던 시절의 표정인지도 모른다. 무엇보다도 그것은 바로 나 자신의 표정이었다. 데라야마 슈지의 「책을 버리고 거리로 나가자」를 보고 흥분했던 것을 기억한다. 줄거리도 기억나지 않지만, 그 파괴적이고 매력적인 이미지들은 아직도 하나하나 떠올릴 수 있다. 탄광촌과 미군기지, 매음굴 여자와 여자의 성기, "청소년을 위한 마약 입문"이라는 문구가 적힌 아스팔트 바닥. 인파로 붐비는 도로 한가운데로 달려 나가 허공에 책을 던지는 청년들. 영화광 소년의 시점으로 전후 일본의 절망을 그린 그 영화는 내게 하나의 상징이었다. 이것이 영화다. 나는 그렇게 생각했다.

지금? 지금의 나는 책을 버리고 거리로 나갈 만큼 순진하지 않다. 책을 버린 곳에 자유가 있다고 믿지 않는다. 그건 자유가 있는 곳에 반드시 책이 있을 거라고 믿지 않는 이유와 같다.

밤의 창밖에는 때아닌 진눈깨비가 쏟아지고 있었다. 지금 쏟아지고 있는 저것은 어느 세계로부터 쏟아지는 것일까. 저 악천후는 그저 현실 자체인 것 같기도 하고, 아주 비현실적인 이미지 같기도 했다. 우리는 2월의 마지막 날, 밤의 고속도로를 달리고 있었다. 우리는 고다르와 브레송과 베리만을 함께 보던 옛 친구의 죽음을 애도하기 위해 긴긴 밤의 도로를 달리고 있었다. 속도를 줄인 차량들의 빨간 후미등들이 불규칙하게 위치를 바꾸었다. 검은색 승용차 한 대가 추월 차선을 빠른 속도로 통과해 앞질러 갔다. 운전석의 김이 헉, 하고 외마디 소리를 내지른 것은 그 직후였다. 나는 본능적으로 시선을 전방으로 돌렸다. 진눈깨비가 쏟아지는 희고 캄캄한 어둠 저편, 전조등 너머 전방 어딘가에서 갑작스럽게 연기가 솟아올랐다. 사고가 난 모양이었다.

우리가 탄 차는 문득 슬로비디오 속으로 들어갔다. 도로는 우연히 만난 지옥으로 변했다. 앞선 자동차들이 급정거하면서 끼이익 하는 소리가 들렸으며, 가벼운 추돌 사고가 연쇄적으로 일어났다. 우리는 간신히 옆 차로로 방향을 잡을 수 있었다. 도로 위에 스키드 마크가 어지럽게 나 있었다. 진행 속도가 급격히 느려졌다. 몇몇 사람들이 차를 세우고 사고 현장 쪽으로 달려가는 모습이 보였다. 트럭 운전사가 황급히 내려 어디론가 전화를 거는 모습도 보였다.

"이런."

서행으로 사고 현장을 빠져나가면서 김이 탄식을 내뱉었다. 순간 나는 눈을 의심했다. 사고 차량이 눈에 들어왔는데, 뒷좌석 창문으로 빠져나와 있는 것은 분명 사람의 팔이었다. 팔은 피범벅이 되어 있었다. 저것은 다른 세계에서 이 세계로 불쑥 내밀어진 팔이다, 그런 무의미한 생각이 머리를 스쳤다. 나는 간신히 신음을 삼켰다. 운전석의 김이 제 아내를 힐끔거리면서 "괜찮아, 괜찮아."라고 말하는 소리가 이명처럼 들렸다. 그 말은 아내를 위한 것이 아니라 김 자신을 위한 것처럼 느껴졌다. 약간 의아하다는 생각이 든 건 그때였다.

"이상하네."

나는 나도 모르게 입을 열었다.

"아까 뉴스에 나왔던 그 사고는 어디서 일어난 거지?"

"무슨 소리야?"

김이 다소 신경질적으로 되물었다.

"여기가 논산 분기점에서 3킬로미터 지점쯤 아닌가?"

내 말에 김이 대꾸했다.

"더 가야 할걸? 빗길 사고는 흔하니까."

그러자 조수석의 정이 혼잣말인 듯 아닌 듯 물었다.

"아까…… 우회하라는 뉴스는 뭐지?"

운전을 하던 김이 다시 입을 열었다.

"우회하라는 뉴스는 우회하라는 뉴스지, 뭐긴. 우회하라고
하면 우회하면 되는 거야."

앞자리의 김이 천천히 핸들을 틀었다. 차는 속도를 줄이며
국도로 접어들었다.

베로니카의 이중생활

정鄭

나는 나 자신에 대해 말하는 것 외에는 아무것도 할 수 없는 사람이다. 겸손하다는 뜻이 아니다. 나 자신 이외의 세계에 대해 어떤 말을 한다는 것이 무엇인지 모를 뿐이다. 그것을 다행이라고 생각한다.

영혼의 거죽 아래에는 보이지 않는, 고요한, 그러나 들끓는 심연이 있다. 그 심연은 말로 표현되지 않는다. 그것은 때로 밤의 호수처럼 아름답고, 때로 밤의 늪처럼 두려울 뿐이다. 심연은 이 세계의 많은 것들과 마찬가지로, 스스로를 이해할 수 없는 방식으로 존재한다.

그 심연, 호수, 늪을 기록하는 것이 내가 소설을 쓰는 이유인지도 모른다. 정치니 법이니 신문 기사 같은 것들의 단순하고 명료한 언어들을 견딜 수 없기 때문에…… 실연 때문에 자살했다느니, 실업을 비관해 투신했다느니, 원한 때문에 사람을 죽였다느니 하는 말들을 거의 믿을 수 없기 때문에…… 언제나 표면만을 부유하는 그 언어들을 인간에 대한 모독으로 느꼈기 때문에…… 소설이 없다면 그 버려진 심연들은 얼마나 외로울 것인가?

물론 나도 알고 있다. 이런 생각이 얼마나 상투적인 것인지. 내 영혼 속에는 어디선가 많이 들어 본 이야기들만이 가득하다. 최근에 나는 내가 무언가 생각할 때마다, 지금 하고 있는 생각이 다른 누군가의 생각이라는 느낌에 사로잡힌다. 심지어는 불안조차도 그렇다. 이건 내가 아닌 다른 누군가의 불안이 아닐까. 혹시 이 삶은 다른 이의 삶이 아닐까. 그런 이질감의 순간들.

그런 느낌은 가령, 소설 속의 인물들이 밥을 먹고 대화를 나누다 문득 고개를 들어 나를 바라보는 순간에 찾아온다. 인물들이 자신을 창조한 자를 빤히 바라보는 것이다. 그들은 항의를 하거나 요구를 하지는 않는다. 그냥 바라볼 뿐이다. 그 시선 때문에 글을 쓰다가 멈출 때가 있다. 점점 더 자주 그렇게 된다. 상상 같은 것이 아니다. 나는 실제로 인물들의 시선을 느끼곤 했다. 그 느낌이 너무 직접적이고 생생해서 인물들에게 두려움을 느끼기까지 했다. 시선을 피하는 것은 인물들이 아니라 언제나 나 자신이었다. 하지만 곧 상반된 기분이 따라온다. 이상한 일이지만, 나는 나를 똑바로 바라보지 않는 인물들에게는 아무런 흥미도 느끼지 못했던 것이다.

날씨는 점점 나빠졌다. 악천후라고 할 만했다. 밤은 거대하게 웅크린 두꺼비처럼 안으로 깊어 갔다. 두꺼비의 배 속으로 진눈깨비들이 몰아쳤다. 우리는 죽은 친구를 찾아 어디로 달려가고 있는 것일까. 이 어두운 배 속의 출구는 있는 것일까. 나는 전조등을 향해 미친 듯이 몰려드는 진눈깨비들을 바라보았다. 단조롭던 도로에서 연기가 피어오른 건 한순간이었다. 시야가 흐렸지만 전방 어딘가에서 사고가 일어났다는 것은 알 수 있었다.

추월 차선을 달리던 승용차가 오른쪽 차선으로 들어서는 순간, 속도를 높이며 질주하던 상용 트럭과 추돌한 모양이었다. 승용차가 균형을 잃고 순식간에 가드레일에 처박혀 연기를 뿜었다. 상용 트럭이 급하게 브레이크를 밟았고, 차량들이 급정거했으며, 젖은 길 위에 검은 스키드 마크들이 화려하게 새겨졌다. 김이 급하게 속도를 줄였다. 벌써 몇몇 차량에서 사람들이 뛰쳐나와 소리를 지르고 있었다. 사고 현장으로 달려가는 사람들도 있었다. 추돌 사고를 낸 상용 트럭 운전사는 벌써 휴대전화를 귀에 대고 어디론가 다급하게 전화를 걸고 있었다. 차량들은 사고 현장을 피해 추월 차선 쪽으로 빠져나갔다. 김이 핸들을 돌려 현장을 우회할 때, 내 눈앞에는 사고 현장이 망연하게 펼쳐져 있었다. 이것은 리와인드가 불가능한 세계다. 나는 멍하니 생각했다. 돌이킬 수 없다는 것, 존재하는 것은 지금 이 순간밖에 없다는 것, 이 무수한 순간들이 서로 연결돼 있다는 것, 그게 삶이라는 것…….

달려오다 멈춘 차량들의 전조등 불빛이 쏟아져 현장은 환했다. 차창 바깥으로 삐져나온 팔과, 핸들에 머리를 처박은 채 이쪽으로 얼굴을 향하고 있는 남자의 실루엣이 눈에 들어왔다. 조수석 쪽에도 사람이 있었다. 긴 머리카락으로 보아 여자인 듯했다. 여자는 오른쪽 차창 쪽으로 얼굴을 처박은 채 꼼짝하지 않았다. 목은 기괴한 각도로 휘어져 있었다. 그 불가능한 각도가 내 망막에 인화되었다.

사고 차량에는 실내등이 희미하게 켜져 있었다. 차량 내부는 그래서 더 비현실적으로 보였다. 현장을 지나친 뒤에야, 피범벅이 되어 운전석에 앉아 있던 남자의 얼굴이 떠올랐다. 현장을 지나친 건 겨우 몇 초간뿐이어서, 남자의 실루엣은 스치듯 눈에 들어왔을 뿐이다. 하지만 어쩐지 그 남자의 시선이 내 시선과 마주쳤다는 생각이 들었다. 동시에 남자의 얼굴이 누군가를 닮았다는 것을 깨달았을 때, 나는 뭔가에 데인 듯 짧은 비명을 질렀다. 운전석의 김이 나를 돌아보았다.

"괜찮아? 괜찮아?"

전방에 시선을 둔 채 김이 급하게 물었다. 나는 손을 가슴께에 대고는 숨을 골랐다. 뒷자리의 최가 말했다.

"저런 거 처음 보는 거지? 난 여러 번 봤는데. 군대 있을 때 자기 머리에 총을 쏜 신병도 봤고, 아파트에서 떨어진 여자도 봤거든. 바로 내 뒤로 떨어졌는데……."

"그만둬."

김이 최의 말을 거칠게 끊었다. 최가 입을 다물었다. 하지만 약간의 시간이 지난 뒤 다시 최가 말했다.

"그런데…… 좀 이상하지 않나?"

뭐가? 라고는 아무도 묻지 않았다. 최가 말을 이었다.

"아까 뉴스에 나왔던 그 사고는 어디서 일어난 거지?"

김이 되물었다.

"무슨 소리야?"

"논산 분기점 3킬로미터 지점이라고 하지 않았어?"

"그런데?"

"여기가 거기 아니야?"

아무도 입을 열지 않았다. 최가 의아한 듯 혼잣말처럼 덧붙였다.

"사고가 나기 전에…… 뉴스가 먼저 나오나?"

김이 다소 심드렁한 목소리로 대답했다. 별 얘기를 다 듣겠다는 듯한 투였다.

"거긴 더 가야 할걸? 빗길 사고는 흔하니까."

김은 그렇게 말하면서 핸들을 천천히 돌렸다. 그의 커다란 손이 핸들과 함께 돌아가는 것을 나는 꿈결처럼 바라보았다. 국도로 들어서면서 김은 "자, 지금부터 우회합니다."라고 짐짓 유쾌한 어조로 말했다.

여전히 진눈깨비들은 타닥타닥 소리를 내며 앞 유리창에 부딪히고 있었다. 그것들은 최후의 하루를 살아 낸 날벌레들처럼 유리에 달라붙었다. 그 순간 내 입에서 새어 나온 중얼거림은 나 자신이 내 것 같지 않았다.

"세웠어야지."

아무도 내 입에서 흘러나온 작은 목소리를 듣지 못한 듯했다. 당연한 일이었다. 내 입에서 나오는 어떤 말은 때로 나 자신에게도 들리지 않았으니까. 말을 했다고 생각하지만, 아무것도 들리지 않을 때가 있었으니까. 그럴 때 나는 내 말이 공기 중 어딘가를 아직도 떠돌고 있을 거라고 생각한다. 누구의 귀에도 들어가지 못한 채.

"세웠어야지."

내 입에서 중얼거림이 다시 새어 나왔다. 김도 최도 반응이 없었다.

"사고가 났는데."

문장들은 달리는 자동차의 소음 속으로 흩어졌다. 내 안에서 살아가는 다른 사람이 말을 하는 것 같은 느낌이었다.

인터체인지에 들어선 뒤에 차는 크게 한 바퀴 원을 그리며 국도로 들어섰다. 자정이 가까워지고 있었다. 어두운 밤과 낮은 산 그림자와 검푸른 하늘빛. 그 사이로 쏟아지는 진눈깨비들. 빗방울이었다가 눈송이였다가 하는 것들. 스위치를 올리듯 밤의 태양을 켜면 황량한 벌판이 지평선까지 펼쳐져 있을 듯했다.

진눈깨비가 이렇게 오래 내리다니. 진눈깨비란 잠깐 나타나는 기상 현상인데…… 나는 생각했다. 날씨가 사람이라면…… 하는 생각이 이어서 머릿속에 떠올랐다. 아마 이 날씨는 A와 비슷한지도 모르겠네. 조울증이었다니까. 그 애가.

뒷자리의 최가 내 생각을 듣기라도 한 듯 입을 열었다. 어쩌면 내 생각이 입 밖으로 흘러 나간 것인지도 몰랐다.

"걔가 조용하고 소심한 게, 사실 영화판에는 안 어울렸지. 시나리오야 괜찮겠지만 영화를 만들 거라곤 생각도 못했잖아. 도대체 활동적인 걸 몰랐으니까."

최의 말에 나는 나도 모르게 고개를 돌리며 물었다.

"무슨 말이야?"

"무슨 말은. 내성적이고 그랬다는 말이지."

나는 다시 전방으로 고개를 돌리며 천천히 입을 열었다.

"걔가…… 응원단이었는데?"

하지만 그렇게 말하면서도 나는 내 말이 이상하다고 생각했다. 조용하고 내성적인 사람은 응원단을 하면 안 된다는것인가? 조용하고 내성적이기 때문에 응원단을 하는 쪽이 더 자연스럽지 않을까? 논리적이고 해박한 최가 그 점을 지적할 것이라는 생각이 들었다. 하지만 최의 반응은 다소 뜻밖이었다.

"정말? 응원단이었어?"

A가 응원단이었다는 걸 처음 듣는다는 말투였다. 나는 선바이저에 붙은 작은 거울로 뒷자리의 최를 물끄러미 바라보았다. 나 역시 그녀가 응원복을 입고 응원하는 걸 실제로 본 적은 없었다. 단지 그녀가 응원단에 나가고 있다고 말한 것만을 기억할 뿐이다.

나는 인간들이 자신의 몸을 격렬하게 움직이는 장소, 우우우 이상한 신음을 질러 대는 장소, 한 편은 이기고 다른 편은 패배해야 하는 장소, 예컨대 무슨 스타디움 같은 곳에 가 본 적이 없다. 그런 곳에서 A가 응원단원이 입는 짧은 스커트를 입고 경쾌한 스텝으로 몸을 움직이는 것을 여러 번 상상했을 뿐이다.

그녀는 리듬과 박자에 예민했다. 노래방에서도 음악에 몸을 맡긴 채 가볍게 몸을 움직였다. 마치 그녀의 몸이 리듬과 박자를 만들어 내고 있는 것 같은 착각이 들었다. 나는 조용히 흔들리는 그녀의 몸을 물끄러미 바라보곤 했다. 더 작고 더 소박하며 더 고요하게. 그것은 그녀에게 잘 어울리는 세계였다. 하지만 더 크고 더 화려하며 더 역동적으로. 그것도 그녀에게 잘 어울리는 세계였다. A는 내게 해독 불가능한 문자 같은 것이었다. 말하자면 아랍어나 희랍어 같은 것이었다. 나는 내가 한 번도 배워 본 적이 없고, 배워도 이해할 수 있을 것 같지 않은 그 문자들을 물끄러미 바라보곤 했다. 아랍어의 곡선은 아름다웠다. 희랍어는 예술적으로 보였다. 그 언어들은 의미가 아니라 하나의 형태일 뿐이다. 하지만 그 이상한 문자들은 누구에게도 침범당하지 않는 자신의 세계, 자신의 의미들을 거느리고 있을 것이었다. 이해되지 않지만, 이해되지 않기 때문에 아름다운 세계, 그게 그녀였다.

그렇다. 나는 이해할 수 없는 것에 쉽게 끌리는 사람이다. 불행한 일이라고 생각한다. 발음할 수 없는 외국의 문자들이 꽃처럼 피어올라 숲을 이루는 느낌을 나는 좋아했다. 나는 그 숲을 산책하고 그 숲에 누워 안식을 취하고 그 숲의 공기를 깊이 들이마시는 것을 좋아했다. 하지만 그 숲은 신기루처럼 사라져 버리곤 했다. 그건 나의 숲일 수 없는 세계였다.

언젠가 밤의 동아리 방에서, 그녀에게 내 느낌을 더듬더듬 설명한 적이 있다. 아니, 설명해 보려고 노력한 적이 있다. 나는 나 자신 이외의 것에 대해서는 잘 말하지 못하는 사람이지만, 실은 나 자신에 대해서 말할 때 가장 고통스러워하는 사람이다. 축제의 마지막 날이었기 때문에 바깥은 시끄러웠던 것으로 기억한다. 교내의 작은 광장에선 불꽃놀이가 벌어지고 있었다. 밖이 소란했기 때문에 동아리 방은 더 적막하게 느껴졌다. 고요한 소음이랄까, 그런 것이 동아리 방에 가득했다. 나는 더듬더듬 말했다. 말을 이어 가는 중에도 결국 아무것도 말하지 못하고 있다고 느끼면서 말했다. 그것이 내가 말하는 방식이다.

주의 깊게 나의 이야기를 듣고 난 뒤 그녀가 입을 열었다. 차분하고 솔직하며 다정한 어조였다. 말의 품에 환한 빛이 담겨 있는 것 같았다. 그게 그녀가 말하는 방식이다. 하지만 그 환하고 고요한 어조에 담긴 내용은 환하고 고요하다고 할 수 없었다. 이것은 단지 사실일 뿐이므로 이렇게 말할 수밖에 없다는 투였다.

너의 감정은 일시적인 것이며, 대학 신입생으로서는 자연스러운 것이다. 나는 그것을 이해한다. 하지만 나는 너의 곁을 스쳐 가는 강물일 뿐이다. 불행하게도 나는 강물의 모습으로만 너를 만날 수 있다. 너는 그것을 이해해야 한다. 그리스 철학자의 말처럼, 우리는 흐르는 강물에 잠시 손을 담글 수 있지만, 두 번 다시 같은 강물에는 손을 담글 수 없다······.

나는 그녀에게 지금 무슨 말을 하는 거냐고 묻고 싶었다. 내 말은 그런 것이 아니라, 단지 네가 일종의 숲 같다는 것뿐이다. 아랍어나 희랍어가 우거진 아름다운 숲 말이다. 깊은 강물을 품고 있는 숲…… 나는 그저 너에게 배어 있는 아름다움에 대해 이야기하고 있을 뿐이다…….

나는 그렇게 말하고 싶었다. 하지만 무언가가 내 입을 막았다. 내 앞에 앉아 있는 그녀가 영원히 타인이 된 것 같은 느낌이 나를 사로잡았다. 그때 그녀의 표정은 무심하고 평범했는데, 그랬기 때문에 그 표정을 이해하는 것은 불가능하게 느껴졌다. 그녀는 가만히 나를 바라보고 있었다. 지금도 기억나는 것은 이런 것이다. 창밖에서 환호성이 들렸다는 것…… 축제가 깊어 가던 밤이었다는 것…… 우리를 둘러싼 모든 것들이 천천히 절정에 도달하고 있었다는 것…… 그 절정과 무관한 아주 멀고 구석진 곳에 나와 그녀가 가만히 앉아 있었다는 것…….

검은 산 위로 검은 하늘이 펼쳐져 있었다. 희미한 빛이 스며 있어서인지 밤하늘은 다소 음산하게 보였다. 나는 때로 하늘의 시선으로 나를 바라보기도 한다. 저 높은 곳의 시선으로 나 자신과 김, 그리고 최의 모습을 바라보는 것이다. 우리는 하나의 점, 희미한 흔적에 좀 더 가까울 것이다. 움직이는 점 또는 이동하는 흔적에.

김과 최의 대화가 내 귀에 들려온 것은 그 무렵이었다. 나로서는 엉뚱하게 들리는 대화였다.

"하긴, 그게 그냥 얌전한 영화가 아니었지. 트뤼포의 「쥘 앤 짐」처럼 자유분방하기도 하고, 흥미롭기도 하고, 로맨틱한 데도 있고."

뒷자리의 최가 반사적으로 김의 말을 받았다.

"그런가? 트뤼포보다는 부뉴엘 아닌가? 이미지들이 환상적이고 단편적이었잖아. 내가 보기엔 거의 「안달루시아의 개」던데?"

아마도 A의 영화 이야기를 하는 모양이었다. 내가 입을 열었다.

"무서웠어."

최가 되물었다.

"뭐가?"

"영화가."

"방금 사고 현장이 아니고, 영화가?"

"음, 영화가."

"영화가 왜?"

"무서웠다고, 그냥."

"그냥?"

"그냥."

나는 입을 다물었다. 최 역시 입을 다물었다. 다리오 아르
젠토의 영화까지 챙겨 보던 호러 팬 김도 별다른 말을 하지
않았다. 동의의 의미가 아니라 그저 단순한 침묵이었다.

A의 영화는 호러였다. 그건 내게는 좀 뜻밖이었다. 공포 영
화의 관습을 따르지 않은 탓에 공포 영화인지조차 모호할 지
경이었지만, 나는 무서웠다. 그것이 명백한 호러라는 것을 나
는 직감으로 알았다. 평론가들이 보았다면 이야기가 허술하
다든가, 관념적이라든가, 추상적이라고 말하기에 좋았다. 주인
공들의 공포는 실체가 모호했고 주제 의식이 빈약했으며 대
체로 음울한 분위기였다.

하지만 내가 그녀의 영화에서 받은 느낌은 달랐다. 나는
흥미롭다거나 지루하다는 식으로 말할 수 없었다. 좋은 영화
라거나 나쁜 영화라고 짐짓 객관적인 척 평가할 수도 없었다.
마음에 든다거나 실망스럽다는 식으로도 말할 수 없었는데,
왜냐하면 화면 속의 모든 것이 나를 향해 육박해 들어오는
듯했기 때문이었다. 영화가 끝나고 나서야 나는 어렴풋이 깨
달았다. 그 영화는 바로 나와 그녀의 이야기라는 것을. 영화
의 모든 디테일들이 나와 그녀에 대한 것으로 채워져 있다는
것을.

어딘지 낯익은 장면들이 첫 시퀀스부터 하염없이 이어졌

다. 이미지들이 흘러갈수록 어떤 방식으로 저 이미지들에 반응해야 하는지 알 수 없었다. 나에게 감정이라는 것은 생각이나 이해보다 빠르게 태어나고 빠르게 사라지는 것이다. 대개 그것들에는 이름을 붙일 수 없다. 외로움이라거나 사랑 따위의 이름을.

무언가를 사랑할 때 내가 어쩔 수 없이 택하는 방법은 그것에 가까이 있는 것이다. 단지 가까이 있는 것…… 그것의 부침과는 관계없이…… 그것의 흥성이나 몰락과 무관하게…… 단지 가까이 있는 것…… 대상이 멀리 있기 때문에 마음이 더 강렬해진다고? 그건 환각에 다름 아니다. 사랑은 사랑의 대상 가까이에 있는 것이다. 그것을 향한 열정과 환멸을 견뎌 내는 것이다.

나도 알고 있다. 어떤 사랑은 거기서 멈추지 않는다. 어떤 사랑은 대상 자체가 되는 데까지 나아간다. 나와 그것의 구분을 지우는 것. 경계를 없애는 것. 그러면 그것의 장점이나 단점 같은 걸 따지는 일은 일어나지 않는다. 완성을 선언하거나 파산을 선고하는 일도 일어나지 않는다. 환멸의 차가움도 염원의 뜨거움도 희미해져 버린다. 마치 일상 속에서 우리가 우리 자신에게 그러한 것처럼.

나는 그런 종류의 사랑을 그녀의 영화를 본 뒤에야 깨달았다. 차갑고 잔인한 호러의 방식으로. 우리 자신의 이야기를 통해. 나와 그녀의 이야기를 통해.

밤의 국도에는 차가 거의 다니지 않았다. 김이 속도를 조금씩 올렸다. 차선들이 일정하고 규칙적인 속도로 다가왔다가 순식간에 뒤로 사라졌다. 차선을 따라 차가 움직이는 것이 아니라, 차를 따라 차선이 움직이는 느낌이었다. 또는 차가 차선을 빨아들이는 듯한 느낌. 우리와는 무관한 세계에 있던 차선들이 문득 우리에게 몰려왔다가 보이지 않는 등 뒤의 세계로 사라졌다.

그녀의 말은 옳았다. 우리는 두 번 다시 같은 강물에 손을 담글 수 없다. 우리는 두 번 다시 같은 길을 지나갈 수 없다. 나는 어제의 너를 다시 만날 수 없다. 우리는 영원히 우리를 스쳐 간다. 실은 그렇게 스쳐 가는 나 자신조차도 다시는 만날 수 없겠지만.

나는 무언가를 쉽게 수긍하는 사람이 아니다. 하지만 몇 개월이 더 흘렀을 때, 나는 A에 대한 나의 감정이 착시나 착각에 가까웠다는 것을 수긍했다. 수긍하지 않을 수 없었다. 수긍하기 위해 오랜 시간을 보냈으므로.

차가 터널에 진입하는 순간, 그녀의 영화를 보았을 때의 기억이 생생하게 되살아났다. 터널은 어둡고 길었다. 가도 가도 끝나지 않을 것 같았다. 차창을 스쳐 가는 터널 벽면을 물끄

러미 바라보았다. 형광등 불빛이 회벽에 기하학적인 문양을
그리고 있었다. 전조등이 만들어 내는 빛의 여운이 회벽을 물
들이며 이동했다. 역동적인, 그러나 무의미한 아름다움이었다.
그것은 오래전 그녀와 지내던 나날의 기억 같기도 했다. 축제
의 밤에 그녀와 나누던 외진 대화 같기도 하고, 그 후 고독한
방의 기억들 같기도 했다. 터널이 자꾸 흐릿해졌다.

매그놀리아

김金

밤하늘은 진눈깨비 외에 무어라도 더 쏟아 낼 분위기였다. 우박이라든가 돌멩이, 심해어라든가 개구리 같은 것들을. 개구리…… 개구리…… 개구리가 우박처럼 쏟아지는 하늘. 그러고 보니 어느 영화에선가 그런 하늘을 본 적이 있다. 다른 세계의 신호 같은, 아니 다른 세계 자체가 이 세계로 쏟아지는 것 같은, 그런 하늘을. 나는 전조등으로 몰려드는 진눈깨비를 바라보며 무의미한 말을 중얼거렸다. 이건 대체 어느 세계의 개구리들이냐.

고속도로에서 몇 건의 추돌 사고가 있었다. 통제 구간이 늘어났을 것이다. 교통 방송에서도 국도로 우회할 것을 권했다. 많은 차량들이 이 길로 들어왔을 게 틀림없었다. 천안-논산고속도로를 지나 호남고속도로를 달리다가 좁은 국도로 들어섰다. 그게 얼마 전이었다.

하지만 국도변은 이상하리만큼 조용했다. 승용차 두어 대가 상향등을 켠 채 추월해 갔지만 그것으로 끝이었다. 무수한 진눈깨비들만 앞 유리에 달라붙었다. 진눈깨비들은 와이퍼에 밀려 반원을 그리며 사라졌다. 주위에 불빛은 거의 없었다. 밤하늘 아래 낮고 검은 산들이 먼 배경을 이루고 있다가 유령처럼 다가왔다. 검은빛의 세계 속에서 더 검은빛이 움직였다. 그것들은 몇 개씩의 캄캄한 터널을 품고 있을 것이다. 터널은 산의 목구멍처럼 음침하게 입구를 벌리고 있을 것이다. 식도나 십이지장, 소장처럼 어두운 산의 내부를 가로지를 것이다……

그런 생각을 하고 있는데 전방에 정말 터널이 나타났다. 아가리라고 할 만한 검은 구멍이 서서히 다가왔다. 구멍은 점점 커졌다. 이윽고 차가 터널로 들어섰을 때, 나는 중얼거렸다. 여기가 식도일까, 십이지장일까, 소장일까. 잠시 후 내 입이 개구리 같은 말을 뱉어 냈다. 아아, 곧 항문이겠구나. 힘없는 웃음이 내 얼굴 근육을 지나갔다.

터널은 길었다. 반원형 천장에는 거대한 환풍기가 일정한 간격으로 붙어 있었다. 육중한 팬이 느린 속도로 돌아가는 게 보였다. 바깥세상이 다 무너져도 이런 속도로 돌아가겠다는 듯했다. 낡은 형광등들이 터널 양편에 역시 일정한 간격으로 붙어 있었다. 희미한 형광등, 꺼져 있는 형광등, 깜빡이는 형광등…… 규칙과 불규칙이 뒤섞인 듯 보였다. 나른한 환각 상태를 지나가는 느낌이었다. 달리는 차의 소음만이 터널 내부를 울리고 있었다. 앞뒤로 다른 차량은 보이지 않았다. 뒷자리의 최가 중얼거리듯 말했다.

"이상한데…… 여기 왜 이런 터널이 있지?"

아무도 대꾸하지 않자 최는 운전석과 조수석 사이로 상체를 밀어 넣으며 내게 말했다.

"이 길 맞나? 내비가 길을 못 찾는 것 같은데?"

"터널이라 신호를 못 잡아서 그래."

내 말에 최가 반사적으로 대꾸했다.

"아니, 터널 들어오기 전부터 그랬다니까."

나는 미간을 찡그렸다. 그렇게 말하지 않아도 알고 있었다. 나도 아까부터 내비게이션을 힐끔거리고 있었으니까. 국도로 들어선 지 얼마 안 됐을 때부터 우리는 내비게이션이 잡지 못하는 길을 달리고 있었다. 화면 위에서 빨간색 자동차 아이콘이 느리게 움직였다. 아이콘은 도로가 아닌 곳을 통과하고 있었다. 평면의 지도 위. 아무것도 표시되지 않은 공간. 명도가 다른 등고선들이 어렴풋이 그려져 있었다. 이곳이 허공이 아니라 지상이라는 것을 표시하기 위해서.

내비게이션을 물끄러미 바라보고 있으면 뭔가 불쾌한 느낌이 들곤 했다. 나는 지상에 납작 달라붙어 달려가고 있다…… 내비게이션은 인공위성의 시선으로 내 위치를 표시하고 있다…… 저 까마득한 높이의 시선으로 보면, 이것은 대체 어느 위치에서 어느 위치로의 이동이란 말인가.

나는 고개를 흔들었다. 단순할 것. 목표에 집중할 것. 복잡한 생각을 피할 것. 그것이 이 바닥에서 체득한 행동 지침이었다. 너무 멀리 바라보거나 너무 가까운 곳을 바라보는 것은 좋지 않다. 너무 높은 곳에서 바라보거나 너무 낮은 곳에서 바라보는 것 역시 마찬가지다. 그것들은 불필요한 착시 현상을 유발할 뿐이다. 신의 관점에서 인생을 생각할 필요도 없고, 노숙자의 시선으로만 세상을 바라볼 필요도 없다. 세계경제를 100년 앞까지 내다보고 투자할 필요는 없으며, 데이트레이딩에 목맬 필요는 더더욱 없다. 각종 성인병에 하루빨리 걸리고 싶다면 예외겠지만 말이다.

그런 걸 알려 준 건 물론 지점장이었다. 그의 무표정한 얼굴이 떠올랐다. 희미해서 거의 보이지 않는 눈썹 밑에서 작은 눈이 깜빡였다. 머리가 벗어져 이마가 번들거렸다. 탈모 치료제를 하도 오래 복용한 탓에 발기가 안 된다고 한탄하다가, 어차피 모든 게 가발일 뿐이지, 라고 냉소적으로 뇌까리는 유형의 인간이었다.

삶은 게임이다. 그게 지점장의 믿음이었다. 게임을 게임 밖의 시선으로 보는 건 곤란하다. 게임의 규칙을 무시해 버리면 자유로울 것 같지만, 게임 밖은 기대처럼 자유로운 공간이 아니다. 거긴 그냥 텅 비어 있을 뿐이다. 지점장은 현자 같은 표정으로 그렇게 말하다가, 정말 도를 깨달은 사람의 표정으로 단언했다. 가장 논리적인 것, 가장 구체적인 것, 예측 불가능하면서도 가장 정확한 것, 그건 전광판의 숫자들이다. 자본주의는 매력적이고 역동적인 세계다. 믿을 것은 그 숫자들뿐이다. 풀 하우스를 쥐고 몇 억을 얻는 것은 쉬운 일이다. 중요한 것은 투 페어를 손에 쥐고 수백억을 얻어 내는 것이다…… 그는 술에 취해 흔들리면서도 냉정한 말투로 지껄였다. 물론 나도 그 정도는 알고 있다. 게임은 게임의 원리에 맞는 인간들을 원한다는 것을. 모든 인간이 게임에 적합한 건 아니라는 것을. 플레이어의 노력이나 성실함은 전혀 변수가 아니라는 것을. 게임의 원리와 규칙을 조종하는 자들은 따로 있다는 것을.

그걸 깨달았을 때는 이미 늦은 뒤였다. 리먼브러더스의 후폭풍은 결정적이었다. 투자자들의 항의가 빗발쳤다. BEP를 맞추는 건 불가능했고 내게는 붙잡을 동아줄이 없었다. 나는 까마득한 추락을 예감하고 있었다.

그 무렵 내 머릿속에 끊임없이 떠오르는 상상이 하나 있었다. 위대한 해커에 대한 상상이었다. 위대한 해커가 전 세계의 금융망에 침입해 모든 숫자들을 0으로 만들어 버린다……
지상에 존재하는 모든 숫자들이 제로이거나 무의미한 글자가
된다…… 그것으로 이 거대한 숫자들의 바벨탑이 하루아침
에 무너진다…….

알고 있었다. 이런 공상에 빠져 있는 게 얼마나 쓸모없는
짓인지를. 지점장이 영업 직원들을 도열시켜 놓고 일장 연설
을 늘어놓다가 말을 멈추었다. 내 얼굴이 잔뜩 일그러져 있었
기 때문이었다. 물론 해커에 대한 상상에 빠져 있던 나는 내
표정을 보지 못했다.

자네…… 지금 웃고 있는 건가, 찡그리고 있는 건가?

지점장이 물었다. 그리고 곧바로 호칭과 억양이 달라졌다.
화를 제어하지 않겠다는 뜻이었다.

너, 지금 무슨 생각하고 있냐? 말해 봐, 응? 설명 못 하겠
지? 밑도 끝도 없으니 설명이 되겠어? 그게 니 문제야, 인마.
알아들어? 이 칠푼이 같은 새끼야?

내가 갑자기 고개를 든 건 그렇게 지점장의 욕설이 시작된
것과 거의 동시였다. 그 순간 내 입이 열릴 줄은 나도 예측하
지 못했다. 거의 소리를 지른다고 해도 좋았다.

아! 그게, 그게, 제, 제로가 되는 거죠! 제로가!

나는 내 입에서 튀어나온 말이 무슨 뜻인지 알 수 없었다.
개구리처럼 쏟아졌을 뿐이었다. 나는 멍청한 표정으로 지점

장을 바라보았다. 욕설을 날리던 지점장 역시 멍청한 표정으로 나를 바라보았다. 나는 내 말을 수습하기 위해 다시 입을 열었다.

아, 아니, 그게 아니라, 개, 개구리들입니다. 떨어지는 거죠, 하늘에서. 저기…… 하늘에서.

나는 손가락을 들어 천장을 가리켰다. 그리고 그 손을 천천히 내려 내 입을 틀어막았다. 지점장 앞에 도열해 있던 직원들이 모두 내 입을 바라보고 있었다. 그들 사이를 빠져나와 유리문을 밀고 바깥으로 나왔다. 책상으로 돌아와 허겁지겁 짐을 챙겼다. 창구 여직원에게 사직서는 우편으로 보내겠다는 말을 남긴 뒤 지점을 나왔다.

이미 건넌 다리였다. 나는 보험 쪽으로 방향을 틀었다. 아내조차 모르게 이민 계획을 세웠다. 적절한 시점에 의논할 생각이었다. 투자 이민이 될 것이고, 비용은 어떻게든 충당할 요량이었다. 염이 선택한 방식을 택할지는 알 수 없었다. 사람이 실종된 후 5년이 지나면 사망자로 처리된다는 것, 실종자의 기록은 그렇게 삭제된다는 것, 그 대가로 보험금을 받을 수 있다는 것, 그걸 염에게 가르쳐 준 것도 실은 나였다.

"내가 게을러서…… 업데이트를 안 했네. 이건 새 도로라 내비에 안 나오는 모양인데…… 아까 표지판 봤으니까 맞겠지."

나는 최대한 느린 어조로 말했다. 최가 대꾸했다.

"새 도로? 낡은 것 같은데? 이 터널이 새걸로 보이냐?"

특유의 빠르고 추궁하는 어조였다. 나는 불쾌감을 느꼈다. 단지 어조 때문은 아니었다. 순간적으로 대학 시절의 최가 말하는 듯한 느낌을 받았기 때문이었다. 과거가 현재에 침입한 기분. 과거가 현재를 점령해 버린 기분. 시간이 제멋대로 뒤섞여 버린 듯한, 그런 기분. 나는 그런 기분을 좋아하지 않았다.

핸들에 왼손을 얹은 채 오른손으로 목을 쓰다듬었다. 목에 땀이 배어 있었다. 고속도로를 달릴 때마다 핸들을 획 꺾고 싶은 유혹에 시달렸다. 선택까지는 1초도 걸리지 않는다. 단 한순간에 모든 것이 바뀔 수 있다. 나는 운전을 하면서 핸들 위에 얹힌 손을 핏발 선 눈으로 노려보곤 했다. 나는 내 손을 믿을 수 없었다. 언제든 삐끗, 하면 끝을 볼 수 있는 것이다.

문득 방금 지나온 사고 현장이 떠올랐다. 사고 차량에 타고 있던 사람들은 가족들일지도 모른다. 친구들이나 회사 동료들일지도 모른다. 그들은 세상의 누구보다도 서로를 사랑할지도 모르고 세상의 누구보다도 서로를 미워할지도 모른다. 상관없다. 그것들은 결국 한 끗 차이다. 삐끗, 하는 차이. 그들이 향하고 있던 목적지도 마찬가지다. 아주 중요한 의미를 갖고 있었을지도 모르고, 그냥 시간을 보내기 위한 것으로 별다른 의미가 없었을지도 모른다. 어쨌든 목적지가 있었기 때문에 그들은 죽었다. 그것은 확실하다. 목적지가 라스베이거스든, 황량한 서해의 바닷가든, 결과는 다르지 않았을 것이다. 제로든, 개구리든, 결국 마찬가지인 것이다. 그렇게 달려가다가, 모든 것이 갑자기 끝난다는 사실은 변하지 않는다.

조수석의 아내가 짧게 비명을 질렀던 순간을 떠올렸다. 현장을 지나가면서 나 역시 사고 차량 쪽을 곁눈질했다. 여기서 정차하면 안 된다. 이 아수라장을 빠져나가야 한다. 내 직감은 그렇게 말했고, 나는 직감을 따랐다. 아수라장에는 아수라장의 법칙이 있는 법이다. 그 속으로 빨려 들어가면 헤어나올 수 없다. 우리가 할 수 있는 것은 그 아수라장을 자신의 의지로 선택하거나, 자신의 의지로 빠져나가는 것뿐이다. 나는 클랙슨을 신경질적으로 눌러 앞차에 신호를 보냈다. 액셀을 밟아 공회전을 시키자, 차가 부르르 몸을 떨었다. 바퀴가 헛돈다 싶은 순간, 겨우 추월선으로 들어가 아수라장을 빠져나올 수 있었다.

아비규환의 현장을 벗어나는 순간, 나는 힐끗 사고 차량에 시선을 주었다. 운전석이 보였다. 차창이 내려가 있고, 빠져나온 팔이 보였다. 운전자는 사고 같은 건 처음부터 없었다는 듯한 자세로 앉아 있었다. 고개를 헤드레스트에 기댄 자연스러운 자세였다. 그저 편안하게 휴식을 취하고 있는 것으로 보일 정도였다. 가로등과 전조등 불빛에 검붉게 반사된 핏빛만

이, 그가 지금 휴식을 취하고 있는 게 아니라는 걸 알려 주었다. 운전자의 얼굴이 낯익다는 생각이 든 것은 그 순간이었다. 어디선가 본 듯했지만 누구인지는 알 수 없었다. 아는 사람일 수도 있었고, 그저 산란하는 빛이 만들어 낸 착시일 수도 있었다. 아마 후자일 것이다. 그때 아내가 짧은 비명을 질렀다. 반사적으로 내가 아내에게 말했다.

"괜찮아, 괜찮아."

그건 나 자신에게 하는 말이기도 했다. 나는 숨을 몰아쉬었다. 사고 현장을 빠져나오자 앞이 트였다. 하지만 길은 믿을 것이 못 된다는 것을 나는 경험으로 알고 있었다. 라디오에서 권한 대로 국도로 우회할 생각이었다.

핸들을 돌려 천천히 인터체인지로 들어설 때, 아내가 중얼거리듯 말했다. 아주 작은 목소리였기 때문에, 그것이 아내가 한 말인지 아닌지 확신할 수 없을 정도였다.

"세웠어야지."

흘깃 아내 쪽을 바라보았지만 아내의 입은 굳게 닫혀 있었다. 입을 열지 않고 복부의 힘으로 만든 복화술사의 목소리 같았다. 잘못 들었겠지. 나는 생각했다. 아마도 이명일 것이다. 자주 있는 일이다. 머릿속에서 생각한 말이 실제로 귓속에 들리는 것. 상상한 것이 실제로 보이는 것. 다른 세계의 개구리들이 감각을 교란시키는 것. 이런 걸 초기 분열증이라고 하던

가. 그때 다시 아내 쪽에서 희미한 목소리가 들렸다.

"세웠어야지."

역시 아내의 목소리 같지 않았다. 낮고 탁한 음색이었다. 이번에는 아내를 돌아보지 않았다. 액셀에서 발을 떼지 않았다. 대체 왜 차를 세웠어야 한다는 말인가. 대체 왜 차를 세우고 저 아수라장 속으로 들어가야 한다는 말인가. 나는 침묵을 지키며 전방을 노려보았다. 차가 서서히 속력을 높였다. 국도로 완전히 들어선 뒤에야, 나는 아내를 힐끗 바라보았다. 아내는 무표정했다. 그것은 오랫동안 침묵을 지켜 온 사람의 표정이었다.

터널은 약간 휜 채 뻗어 있었다. 출구가 보이지 않았다. 우리나라에 이렇게 긴 터널이 있었나…… 나는 중얼거렸다. 길고, 어둡고, 정지할 수 없는 터널이었다. 터널이란 참으로 알맞은 인생의 비유가 아닌가, 나는 생각했다. 입구가 있고, 출구가 있다. 입구와 출구의 사이는 일직선이다. 샛길이나 갓길 같은 것은 없다. 말하자면 출생이 있고, 죽음이 있을 뿐이다. 샛길이나 갓길 같은 것은 없다. 인생은…… 터널이다.

상투적인 비유다. 나도 알고 있다. 하지만 상투적인 비유만큼 위대한 것이 있을까? 예술적인 척, 독창적인 척하는 것들의 허세보다는, 차라리 상투적인 것들의 몰취미가 아름답지 않은가? 한때는 나 역시 블레이크의 우아한 연시를 외우고 존 단의 세속시를 흉내 내 습작을 하기도 했다. 몇 편의 습작시를 들고 정년 퇴임을 앞둔 노교수를 찾아간 적도 있다. 허리가 불편하다고 언제나 앉아서 수업을 진행하던 교수였다. 그의 시를 읽어 본 적은 없지만 유명한 시인이라고 했다. 노교수는 내 원고를 제대로 읽지도 않은 채 첫 연만 보고 말했다. 좋은 의미만 모아 놓는다고 시가 되는 건 아닐세. 시란 무엇보다도 언어라는 물질로 돼 있지. 그 물질에서 길을 발견하지 않으면 안 된다네. 자네 시에는 자네의 길이 안 보여.

나는 노교수가 하는 말을 이해하지 못했다. 내 멍한 표정을 물끄러미 바라보던 교수가 말을 이었다.

쉽게 말하면, 상투적이라는 뜻이야. 상투적이고 관습적인 표현을 뭐라고 하지? 그의 갑작스러운 질문에 나는 우물쭈물 대답을 하지 못했다. 노교수는 다크 서클이 드리워진 눈을 가늘게 뜨고 말했다. 상투적인 거, 관습적인 거, 수업 시간에 배우지 않았나? 클리셰라고 말일세. 남들이 이미 다 알고 있고, 이미 다 하고 있는 것에서 벗어나지 못한다는 뜻이지.

나는 말없이 고개를 숙여 인사를 하고 물러 나왔다. 그때도 늙은 교수는 허리를 매만지며 인상을 찌푸리고 있었다. 온몸의 관절들이 다 낡았는데도 신선한 것만 찾는 노인네였다. 평소에는 다감하다가도, 수업 때는 직설적이고 냉정하기로 유명했다.

그 후 얼마 동안 나는 상투적이며 관습적인 시를 쓰려고 노력하기까지 했다. 세상에서 가장 상투적이며 관습적인 시를 써서 그 시가 얼마나 큰 지혜를 담고 있는지 보여 주고 싶었다. 실제로 몇 편을 쓰기도 했고, 신춘문예에 투고까지 했던 것이다. 물론 연락은 오지 않았지만 말이다.

아내가 쓴 동화를 읽어 본 적이 있다. 아무도 알지 못하는 잡지로 등단한 무명이었고, 아내 스스로도 자신을 작가라고 생각하는 것 같지는 않았다. 내게도 등단 소식을 알리지 않을 정도였다. 간혹 집으로 문예지 같은 것이 배달되어 알게 되었을 뿐이다.

아내의 동화를 읽으면서 나는 약간의 충격을 받았다. 나로서는 상상할 수 없는 글이었다. 기괴하고 끔찍했다. 그로테스크한 상상과 불편한 어휘들이 아내의 동화를 가득 채우고 있었다. 아아, 이런 것들을 아이들에게 읽으라고 하다니. 나는 의아함과 놀라움을 느꼈지만, 그것을 아내에게 말하지는 않았다.

아내는 정확하게 살림을 하고 집 안의 모든 것을 제자리에 놓아야 하는 여자였다. 일상의 안정이 무너지면 영혼도 함께 무너질 거라고 믿는 듯했다. 모든 것이 일정한 시간에 일정한 곳에서 이루어지지 않으면 심지어 고통을 느끼는 것 같았다.

제 위치에서 벗어난 것을 제자리로 돌려놓기 위해 아내는 최선을 다했다. 마치 질서라는 그물을 완성하기 위해 살아가는 사람처럼 보였다. 그녀의 세계는 단색의 공간, 단일한 리듬, 그리고 꽉 짜인 질서로 이루어져 있었다. 그 질서 밖으로 나가면 아내는 질식해 버릴지도 몰랐다.

결혼 전 어느 날, 차를 렌트해서 동해안으로 떠나자고 그녀에게 제안한 적이 있다. 동해안 드라이브. 초여름의 바다. 그리고 사랑. 나는 「지상에서 영원으로」에 나오는 버트 랭카스터와 데버러 커의 사랑을 꿈꾸고 있었다. 바닷가에 도착해서 물보라가 부서지는 물에 그녀를 밀어 넣으리라. 젖은 그녀의 몸을 끌어안고 키스를 나누리라. 버트 랭카스터와 데버러 커가 그러했듯이…… 그것이 청년다운 나의 계획이었다. 하지만 나의 제안에 그녀는 "동해안?"이라고 짧게 묻고는 침묵해 버렸다. 그러고는 가타부타 말이 없었다. 우리 사이에 긴 침묵이 흘렀다. 침묵을 견디지 못한 나는 황급히 웃음을 터뜨리면서 농담이라고 말했다. 나는 두 손을 휘휘 저었다.

A는 모든 면에서 아내와 반대였다. 그랬다. 처음 만났을 때, A는 어딘지 무질서해 보였고 예측할 수 없었다. 아내의 세계가 겨울의 희박한 공기로 이루어져 있다면, A의 세계는 여름의 팽창하는 대기로 채워져 있는 것 같았다. 아내의 세계가

하나의 점으로 응축하려는 것 같았다면, A의 세계는 불규칙하게 확산하려는 것처럼 느껴졌다. 그 둘은 서로 다른 행성에서 온 생물들 같았다. 서로의 반대편에서 거울처럼 서로를 비추기 위해 존재하는 세계. 이곳의 왼편은 저 세계의 오른편이며, 저 세계의 정오는 이 세계의 자정일 것이었다. 친구가 된 밤과 낮이라고 해도 좋았다.

A, 그녀는 그녀의 젊음과 함께 빛났다. 키는 크다고도 작다고도 할 수 없었지만, 전체적으로 균형이 잘 맞아 보였다. 하나의 육체가 그토록 빛날 수 있다는 것을 나는 그녀를 보면서 실감하곤 했다. 교정을 걷는 그녀의 종아리를 뒤에서 본 적이 있다. 그때 그녀의 종아리에 부딪혔다가 흩어지는 봄날의 햇살을 나는 홀린 듯이 바라보았다. 세상의 모든 불행이 한꺼번에 몰려든다고 해도 그 희고 맑은 종아리에는 스며들 수 없을 것처럼 느껴졌다.

그녀의 종아리에 부서지는 봄날의 햇빛.

그것은 그 시절 내가 쓴 시의 제목이었다. 나는 그 시의 구절 하나를 잘 기억하고 있었다.

신이 있다면 바로 저 아름다운 육체 속에 있어야 하리.

존 단의 시를 흉내 낸 것이었다. 신이 있다면 인간의 몸 안에 있으리라는 도발적인 내용이었다. 그랬다. 그녀는 약동하는 삶 자체였다. 한때 내 삶은 그녀로 해서 풍성했으며, 학교는 그녀로 해서 활기찼다.

약간의 시간이 흐른 후, 나는 그녀의 아름다움을 알아보지 못하는 사람들이 있다는 것을 알고 약간의 충격을 받았다. 어떻게 그런 일이 있을 수 있는지 의아한 느낌마저 들었다. 친구들은 아무도 그녀의 아름다움에 대해 말하지 않았다. 심지어는 "너처럼 잘생기고 훤칠한" 남자가 "걔처럼 특별한 점이 없는" 여자애와 사귀는 것이 이상하다고 말하는 녀석도 있었다. "걔는 평범의 화신이지. 키, 얼굴, 말, 행동, 모든 게 평균적이잖아."라는 평을 들었을 때는, 그들이 지칭하는 사람이 정말 A인지 의심하기까지 했다. 나는 이상한 실망감에 빠져들었다.

교내 영화 동아리에 들어가게 된 것도 실은 그녀 때문이었다. 남들 몰래 영화 공부를 하고, 좋아하는 영화 목록을 작성하게 된 것 역시 그녀 때문이었다. 모두들 영화에 매력을 느끼던 시절이었다. 미켈란젤로 안토니오니나 안드레이 타르콥스키를 좋아한다고 말하는 것이 자아의 중요한 부분인 것처럼 느껴지던 시절…….

하지만 나에게는 사랑이 전부인 시절이었을 뿐이다. 나는 유행에서 멀리 떨어져 있었다. 동기들이 그런 난해한 이름들을 공공연히 입에 올릴 때면 나는 거부감을 느꼈다. 그들은 그 유명 감독들의 영화를 진심으로 좋아하는 것이 아니라, 그 감독들을 좋아한다고 말함으로써 취향을 과시하는 것뿐이라고 나는 단정했다. 꼬일 대로 꼬인 상징들로 가득한 영화들, 롱 테이크를 쓰면 예술이 되는 줄로 착각하는 영화들, 인생의 지루함을 닮는 게 리얼리즘인 줄 아는 영화들…… 일뿐이라고 생각했다.

「향수」의 마지막 장면을 기억한다. 주인공이 촛불을 들고 야외 온천탕을 가로질러 걸어가는 길고 지루한 롱 테이크를 보며 나는 확신했다. 이것은 예술인 척하는 사이비 영화의 전형이다. 세상을 구원하겠다는 과대망상증 환자의 절망을 저렇게 긴 상징으로 보여 주다니. 이건 일종의 자기기만 아닌가. 잘해야 자기 위안이거나. 그러니 타르콥스키로 허영심을 채우는 시간에 「말타의 매」 같은 존 휴스턴의 케이퍼 무비를 즐기는 게 차라리 나을 것이다. 나는 친구들에게 그렇게 충고했다. 그리고 그렇게 말하는 나 자신을 자랑스러워했다.

누군가 베르너 헤어조크나 미조구치 겐지를 입에 올릴 때, 나는 내가 조지 로메로의 좀비 영화 팬이라고 말하는 것을 즐겼다. 누군가 오즈 야스지로와 알랭 레네에 대해 말하는 동안, 나는 다리오 아르젠토의 공포 영화를 즐기는 나에게 자부심을 느꼈다. 나는 왕가위의 영화를 허영 덩어리라고 선언했고, 차라리 이소룡의 「당산대형」과 「사망유희」를 보라고 권했다. 그러면서 때로는 "아비요!" 하고 이소룡을 흉내 내 고함을 치기까지 했던 것이다. 그런 B급 감성 역시 하나의 도도한 트렌드였으며, 내가 그 일부였다는 것은 나중에 깨달았다.

휴대전화에 문자메시지가 도착한 것은 그런 밑도 끝도 없는 상념에 빠져 있을 때였다. 나는 핸들을 잡은 채 휴대전화를 얼굴까지 들어 올려 메시지를 확인했다. 화면에 A라는 글자가 새겨져 있었다. A에게서 온 메시지라니? 이게 무슨 의미인지 잠시 의아했다. 전방을 주시했다가 다시 휴대전화를 힐끗거리며 버튼을 눌렀다. 짧은 문장 세 개로 된 문장이 화면에 떴다.

오고 있어?

빨리 와.

우리는 조용한 육체 속에서 만날 거야.

나는 휴대전화를 내려놓았다. 뭐지, 이건? 나는 빠르게 생각을 했다. 죽은 A의 전화는 아직 해지되지 않았을 것이다. 아마도 아이들이 그 전화를 갖고 놀다가 잘못 보낸 문자일 것이다. 아니, 어쩌면 저녁때 전화를 걸어온 그녀의 사촌이라는 사람일 수도 있다. 그런데 반말로? 조용한 육체라느니 하는 이상한 표현으로? 나는 머릿속이 혼란스러워지는 것을 느꼈다.

터널 끝, 어둠 저편에 푸르스름한 빛이 보였다. 빛은 처음에는 점의 형태로 나타나서 조금씩 커졌다. 나는 다가오는 빛의 점을 바라보았다. 노려본다고 해도 좋았다. 하나의 표적만을 바라보는 일, 그건 사람을 최면 상태에 빠져들게 만든다. 숨 막히는 고요에 갇혀 버린다. 나는 고요 같은 것에 익숙한 사람이 아니다.

얼마 전, A와의 관계가 환한 햇빛 속에 드러나 버린 일이 있었다. 그날 밤 나는 아내와 나란히 소파에 앉아 텔레비전을 보고 있었다. 특별한 일이라고는 전혀 일어나지 않은 밤, 인생이 이렇게 지나가 버릴 것이라는 이상한 확신이 드는 밤, 그런 밤이었다.

텔레비전에서는 오늘의 날씨를 전하고 있었다. 리포터는 행인들이 왕래하는 명동 거리에 서서 그날 오후의 날씨가 얼마나 좋았는지를 과장된 어조로 강조하고 있었다. 봄날 같은 겨울입니다, 라고 화사한 코트를 차려입은 리포터가 말했다. 정말 리포터 뒤로 봄날 같은 햇빛이 가득했다. 햇빛 속으로 밝은 표정의 시민들이 오가고 있었다. 불특정 다수의 행인들. 특별한 것이라고는 아무것도 없는 사람들. 그 가운데 낯익은 두 사람이 눈에 띄었다. 리포터가 내일의 날씨를 설명하고 있을 때였다. 리포터 뒤로 펼쳐진 거리에 나타난 것은 바로 나 자신이었다. 그리고 A였다. 그녀와 내가 팔짱을 낀 채 명동 거리를 걷고 있었던 것이다. 그녀와 나는 인파 속에서 서서히 화면 쪽으로 걸어 나오고 있었다. 그 순간 화면이 전국의 날씨를 보여 주는 그래픽 화면으로 바뀌었다. 나는 고개를 돌려 아내를 바라보았다. 아내는 리포터의 말에 집중한 나머지, 행인들 속의 나와 A를 발견하지 못한 듯했다.

거울을 통해 어렴풋이

최崔

세계는 명료하다. 세계에는 모호함 따위가 없다. 하지만 인간은 모호하다. 인간에게는 언제나 명료함이 부족하다. 자신도 알 수 없는 비밀이 인간을 둘러싸고 있다. 우리는 그런 것을 삶이라고 부른다.

명료한 세계와 모호한 인간 사이에 중간 지대 같은 것은 없다. 명료한 세계 속에서 모호한 인간들의 권력투쟁이 끝나지 않을 뿐이다. 모호한 의미를 규정하고 장악하려는 인간들 간의 싸움이다. 인간이 명료함의 일부가 되는 것은, 죽음의 순간뿐이다. 그것은 더 이상의 모호함이 불가능해지는 순간이다. 모호함이 제로에 도달하는 순간이다. 모든 것이 명료해지는 순간이다. 인간이 세계 자체가 되었으니까. 나는 가끔 내가 그런 세계를 꿈꾸고 있다고 느낀다. 모든 것이 명료한 유토피아를.

터널이었다. 형광등들이 양쪽 벽에 붙어 있었다. 불빛은 먼 곳에서부터 좁아졌다. 터널이 휘는 곳에서 불빛은 점 하나로 모였다가, 곡선 주로를 벗어나면 다시 직선으로 이어졌다. 우리가 터널을 통과하고 있는 것이 아니라, 터널이 우리를 끌고 가고 있다는 착각이 들었다. 우리나라에서 가장 긴 터널은 몇 미터일까. 그런 의문이 문득 떠올랐다. 나는 휴대전화를 꺼내 검색하지 않았다. 터널에서는 기지국의 신호를 받을 수 없기 때문이 아니다. 어떤 질문들은 인터넷이나 백과사전 같은 것으로는 검색할 수 없다. 답을 알아도 사라지지 않는 질문들이 있는 것이다. 그리고 다소 기묘한 생각이 이어졌다. 방금 내 머릿속에 떠오른 그 의문은, 어쩌면 죽은 A의 의문이 아닐까? A가 하는 생각이 내게 떠오른 건 아닐까? 멍청한 생각이었다.

오래전 A는 김의 연인이었다. 성실한 김은 그녀를 진심으로 사랑하는 것 같았다. 하지만 김은 성실하되 섬세하지는 못한 것 같았다. 사랑한다는 바로 그 이유 때문에, 사랑은 언제나 위태롭다. 사랑은 인간이 가질 수 있는 가장 긍정적인 에너지지만, 그 에너지는 언제나 예민한 결핍과 상처에서 발생한다. 결핍과 상처가 없는 사랑? 그건 단지 사랑으로 착각될 뿐인

호르몬의 작용에 불과하다. 호르몬에는 결핍이 없으니까. 그런 '사랑'은 성적인 욕망과 혼동될 때만 사랑이니까…… 라는 게 내 생각이었다.

아무런 흠도 균열도 없이 표면이 매끈한 사랑을 나는 상상하지 못한다. 매끈한 사랑이라니. 어떤 의심도 회의도 없는 사랑이라니. 그건 사랑이라는 이름을 빌린 관념이거나, 사랑으로 위장된 테스토스테론의 작용이거나, 신의 사랑을 팔아 영업하는 종교일 것이다. 균열이 있기 때문에, 우리 자신을 그 균열에 밀어 넣는 행위이기 때문에, 사랑은 아름다운 것 아닌가. 그런 생각을 하면서 나는 과장된 감동을 느끼곤 했다.

하지만 김에게는 내가 미처 깨닫지 못한 놀라운 점이 있었다. 그의 사랑은 어떤 균열도 품고 있지 않았기 때문에, 그 사랑이 지나치게 단순했기 때문에, 단순하다는 그 이유 때문에, 언제나 상대를 매혹했던 것이다. 나는 뒤늦게 그것을 이해했다. A가 김의 연인이 된 이유는, 그의 사랑이 단순하다는 바로 그 점 때문이었다.

나는 어렴풋한 회의에 빠져들었다. 균열이니 결핍이니 하는 것은 단지 정신의 불순물에 불과한 것이 아닌가? 사랑은 단지 사랑일 뿐인 순간에 가장 아름다운 것이 아닌가? 그것이 김의 사랑이고, 그 사랑이 그녀를 매혹시킨 것은 아닌가…… 나는 나 자신의 믿음이 흔들리는 것을 느끼면서 그들의 사랑을 지켜보았다.

하지만 얼마 지나지 않아 나는 의아함을 느꼈다. 김이 아니라 A에게였다. 내가 동석한 자리에서도, 그녀는 환하게 웃으며 김에게 이렇게 말하곤 했던 것이다.

너는 날 떠날 거야.

그녀의 표정과 말은 서로 어울리지 않았다. 그녀의 말은 아주 희미한 숨처럼, 그녀의 입을 빠져나와 대기를 떠돌다가 흩어졌다. 너무 희미했기 때문일까. 나는 분명히 그녀가 그렇게 말하는 것을 들었는데, 김은 매번 그 말을 듣지 못한 듯했다. 우리가 자주 가던 맥줏집의 소음이 컸기 때문인지도 모른다.

개성 없는 인테리어가 오히려 편안하던 맥줏집이었다. 평면 텔레비전에서 흘러나오는 뮤직비디오의 음량은 꽤 높았다. 사람들의 목소리는 탁 트인 공간 탓에 마구 뒤섞였다. 그 어지러운 소음 속에서 그녀의 목소리는 영화 속의 보이스 오버처럼 내 귀에 스며들었다. 마치 다른 차원의 세계에서 들려오는 듯했다. 그때도 김은 조끼를 들어 호기롭게 맥주를 들이켰을 뿐이었다.

그런 일은 반복되었다. 때로는 농담처럼, 때로는 취중에, 그녀는 가벼운 미소를 지으며 김을 향해 같은 말을 반복했다.

너는 날 떠날 거야.

잘생겼을 뿐만 아니라 선량하고 사람 좋은 김은, 그렇게 말하는 그녀를 따라 미소 지을 뿐이었다. 연인을 바라보는 깊고 그윽한 시선으로. 상대 역시 같은 시선으로 자신을 바라보고 있다는 것을 전혀 의심하지 않는 사람 특유의, 그런 표정으로.

A의 얼굴에서 내가 본 것은 조금 달랐다. 그녀의 얼굴에서 한순간에 사라지는 미소. 미소가 사라지고 난 자리에 남는 형언할 수 없는 무표정. 나는 그것을 납득할 수 없었다. 납득할 수 없었을 뿐만 아니라, 점점 가슴이 아파 왔던 것이다.

얼마간의 시간이 지난 뒤, 김과 A는 헤어졌다. 셋이 함께 다니던 맥줏집에 이제는 둘이 앉은 채, 김은 나에게 말했다. 헤어지고 난 뒤에야, 그녀의 말이 옳았다는 걸 깨달았다는 것이다.

너는 날 떠날 거야.

A의 그 말이 어딘지 먼 곳에서인 듯 귀에 스며들었다고 했다. 그때마다 그는 그걸 일종의 사랑의 징표로 이해했다. 상대가 떠날까 봐 두려워하는 여자의 마음으로, 떠나지 말아 달라는 일종의 요청으로 받아들였다는 것이다. 그는 쓸쓸한 어조로 말을 이었다.

헤어져야겠다고 결정한 순간까지도…… 내가 왜 떠나는 것인지 이유를 잘 모르겠더라고. 그런데도 떠날 수밖에 없다는 건 확실했지. 모든 게 명확해지는 순간이라는 게 있으니까…… 약간 이상한 생각이 들긴 했어. 내가 떠나는 건……
그 애가 그렇게 말했기 때문이 아닐까…… 하는. 내가 자기
를 떠날 거라고 미리 말했기 때문이 아닐까…… 하는.

마치 최후의 깨달음을 전하듯 그가 덧붙였다.

나는…… 결국 그 애의 말을 실행에 옮기는 것뿐이 아닐
까, 그런 생각.

그렇게 말한 뒤 김은 불쾌한 표정으로 맥주를 들이켰다. 어
쨌든 먼저 이별을 고한 것은 자신이었다는 것, 그녀는 다만
그것을 받아들였을 뿐이라는 것, 지금은 이 모든 게 자신의
솔직한 감정의 결과라는 것을 수긍하게 되었다는 것, 그런 말
을 덧붙이면서였다. 그 후 김은 엉뚱하게도 A의 친구인 정에
게 사랑을 고백했으며, 결국 결혼까지 이르게 된 것이다.

실은 그런 일이 김에게만 있었던 것은 아니다. 똑같지는 않
지만, 내게도 유사한 경험이 있었다. 겨울의 기운이 희미하게
남아 있던 어느 해 봄이었다. 나는 니체와 프로이트를 읽고
있었던 것으로 기억한다. 내 몸에는 뜨거운 피가 빠르게 돌고
있었다. 정신분석이 결여된 마르크스는 불충분하며, 마르크
스가 결여된 정신분석도 불충분하다고, 존경하던 노교수는
안경을 고쳐 쓰며 말했다. 강의를 들으며 나는 그것을 '시대정
신'이라고 확신했다. 이미 후일담 같은 단어조차 시들해진 때

였다. 세상은 빠르게 변하고 있었다.

학교 근처의 분식집에서 라면을 먹던 오후였다.「오! 수정」
이나 「거짓말」 같은 오래된 비디오를 함께 보고 나서였을 것
이다. 누군가 거짓말과 꿈과 강박에 대해 말했고, 나는 그
때 읽고 있던 프로이트에 대해 이야기했다. 루 살로메의 소설
『우리는 어디에서 어디로 가는가』를 언급하면서 나는 살로메
의 연인들을 구구절절 읊어 댔다. 니체와 릴케, 그리고 만년
의 프로이트를 거론한 후, 나는 내 고민을 진지하게 피력했다.
우리는 어디에서 와서 어디로 가는 것인가. 마르크스와 프로
이트의 사이 어디쯤에 답이 있을지도 모르겠다. 개인도 아니
고 공동체도 아닌 어딘가에. 섬도 아니고 광장도 아닌 어딘가
에. 주체도 아니고 주체가 아닌 것도 아닌 방식으로. 마치 질
기고 음침한 거미줄처럼 우리는 끝내 이어져 있을 거라고, 나
는 결론을 내렸다. 아마도 그때 나는 내가 존경하던 노교수의
표정을 흉내 내고 있었을 것이다.

그때 한쪽에서 후루룩거리며 라면을 먹고 있던 A가 우물
우물 입을 열었다.

와, 넌 여전히 어디에서 어디로 가고 있구나. 참 열심이네.

그녀는 그렇게 말하면서 동시에 작은 종지의 김치를 입에
넣었다. 특별히 의미 있는 말이 아니었기 때문에, 나 역시 젓
가락으로 김치를 집어 입에 넣었다. 나는 그녀의 말이 살로메

의 소설 제목을 재치 있게 패러디한 것이라고 생각했다. 라면을 후루룩거리던 다른 친구들은 그녀의 말을 아예 듣지 못한 듯 그릇에 고개를 박고 있었다. 누가 무슨 말을 했다는 것조차 의식하는 사람이 없었다. 나도 라면 쪽에 더 마음이 가 있었기 때문에 그녀의 말을 금방 잊었다.

다음 날 학생 식당에서 혼자 밥을 먹을 때였다. 수업 시간에 알렉산드르 코제브에 대해 발표를 해야 했기 때문에 발표문을 다시 훑어보면서였다. 우거짓국을 후루룩거리면서 잘못된 문장을 수정하고 있는데, 문득 A의 말이 떠올랐다.

넌 여전히 어디에서 어디로 가고 있구나.

그 말은 나에게 기묘한 느낌을 주었다. 그녀의 목소리와 무심한 표정, 라면을 후루룩거리던 소리까지 함께 떠올랐다. 나는 나도 모르게 그녀의 말을 따라서 중얼거렸다.

넌 여전히 어디에서 어디로 가고 있구나.

묘한 쾌감이 느껴졌다. 다시 그 말을 뇌까렸다.

넌 여전히 어디에서 어디로 가고 있구나.

나는 웃음을 지으며 우거짓국에 숟가락을 담갔다. 뭐라는 거야, 대체. 어디에서 어디로 가지 않으면 어쩌란 말이야, 대체. 그렇게 중얼거리면서.

하지만 동시에 나는 엉뚱한 생각을 하고 있었다. 그녀는 *어디에서 어디로 가고 있지* 않은 게 아닐까? 왜냐하면 이미 *거*

기에 가 있기 때문에?

이상하게도 그런 의문이 들었다. 그녀는 우리와 함께 있으면서도 혼자인 것 같았다. 그녀는 우리와 함께 괴로워하면서도 이미 다 괴로워한 사람 같았다. 그녀는 자주 홀로 단식을 했고, 자주 엉뚱하고 급진적인 주장을 했으며, 자주 사라져서 어딘가를 헤매다 문득 돌아왔다.

넌 여전히 어디에서 어디로 가고 있구나.

그녀의 말이 뇌리를 떠나지 않았다. 말이 식물처럼 자라는 것 같았다. 식물은 그냥 씨앗으로 던져지더니 양분을 빨아먹고 싹을 틔우고 가지를 뻗기 시작했다. 동화 속의 나무처럼 무섭게 자라 구름에 닿은 그것은 천천히 내 가슴에 뿌리를 내렸다. 거기서 벗어날 수 없을 것 같은 느낌이었다. 어딘지 아주 가까운 곳에서 들려온 목소리, 그래서 오랫동안 잊히지 않을 목소리, 그것이 내 몸 안에서 자라고 있었다.

그 후 그녀를 만날 때마다, 나는 어쩐지 자신을 의심하는 심정이 되는 것을 깨달았다. 그녀가 없는 자리에서도 나는 그녀의 존재를 의식했다. 혼자 있는 방에서도 누군가와 같이 있는 것 같았다. 그녀를 완전히 잊고 있는 상태에서는 나 스스로에게 환멸을 느끼기까지 했던 것이다.

그 후 A가 김과 연애를 한다는 것을 알게 되었을 때, 나는 진심으로 잘됐다고 생각했다. 그녀가 김의 애인이라는 사실에

일말의 불만도 없었다. 아니, 다행이라고 생각하기까지 했다. 무언가 나를 괴롭히던 것 하나가 사라진 느낌마저 들었다. 나는 김에게 연애는 잘되어 가느냐고 넌지시 물었으며, 김은 연애는 잘되어 간다고 활기차게 대답했다. 나는 그것이 좋았다.

졸업 후 학교에 남은 것은 나뿐이었다. A도 김도 정도, 모두들 학교를 떠났다. 염은 이미 자취를 감춘 지 오래였다. 마지막 학기 때는 염을 본 사람이 없었다. 김과 정은 얼마 후 청첩장을 보내왔다. 결혼 뒤 정은 회사를 그만두었다. 김은 한동안 다니던 증권사를 그만두고 보험 쪽으로 옮겼다고 했다.

A와 교류가 있는 친구는 없었다. 근황을 아는 사람도 없었다. 시민 단체에서 일한다는 소문도 있었고 영화판에 들어갔다는 얘기도 있었다. 대안 공동체에 들어갔다는 풍문이 돌기도 했는데, 누군가는 그녀가 수녀가 되었다고 말했다.

나는 처음에 그 모든 얘기들을 헛소문으로 치부했다. A는 언제나 와전되는 중이다…… 와전되는 것이 A다…… 나는 차라리 그렇게 생각했다. 그런데 어느 날 학생 식당에서 혼자 점심을 먹다가, 나는 다시 이상한 생각에 시달리게 되었다. 그녀는 정말 그 모든 것을 했을지도 모른다…… 그녀는 그 모든 것이었는지도 모른다…… 그런 생각이 들었다. 대학 때부터 시나리오 같은 것을 썼으니 영화판에 뛰어들었다고 해도 이상한 일은 아니다. 영화판에 환멸을 느끼고 시민운동을 하게 되었다면, 그것 역시 고개가 끄덕여질 만했다. 곧바로 대안 공동체를 향해 직진했다고 해도 충분히 그녀다운 선택이었다. 공동체를 나온 뒤 영혼의 공황을 견디지 못해 수녀가 되었다고 한들 이상할 것이 없었다. 예술에서 정치로, 정치에서 이상주의적 공동체로, 공동체에서 끝내 종교로 이동하는 것은 너무도 자연스러운 일 아닌가. 순결하고 섬세하며 연약한 영혼을 가진 인간이라면, 어쩔 수 없이 통과할 수밖에 없는, 그런 과정 아닌가.

나는 식사를 마친 뒤 식판을 반납하고 건조기에서 알루미늄 컵을 꺼내 물을 따라 마셨다. 내 눈에서 예기치 않게 눈물이 흐른 건 그때였다. 방금 먹은 순두부찌개가 꽤 매웠다는 생각이 들었다. 입구 쪽에 비치된 휴지를 뽑았다. 이상하게도 눈물이 멈추지 않았다. 빠른 걸음으로 학생 식당을 나와 화장실로 달려갔다. *넌 여전히 어디에서 어디로 가고 있구나. 넌 여전히 어디에서 어디로 가고 있구나.* 나는 그렇게 중얼거리고 있었다. 눈물이 멈추지 않았다.

A가 다시 내 앞에 나타난 것은 몇 개월 전이었다. 강의를 하러 사회대에 들어서다가 계단을 내려오는 그녀를 발견한 것이다. 그녀는 화사한 꽃무늬가 그려진 플레어스커트를 입고

있었다. 어딘지 여성스러워진 느낌이었다.

나는 반갑게 웃음을 지으며 그녀를 향해 다가갔다. 그녀는 나를 보지 못한 듯, 변화가 없는 표정으로 내 쪽을 향해 걸어 왔다. 나는 오른손을 들어 올렸다. "아, 오랜만……."이라고 말하는 순간, 그녀는 내 곁을 그대로 지나쳐 출구를 향해 걸어 갔다.

올린 손을 내리지 못한 채 나는 뒤돌아섰다. 그녀를 부르려고 했지만, 어쩐지 입이 떨어지지 않았다. 그녀는 건물 밖의 화사한 햇살 속으로 마치 스며들듯 사라졌다. 나는 그녀를 바라만 보고 있었다. 손을 올린 채 서 있는 게 우스꽝스럽다는 생각은 그 뒤에 떠올랐다. 손을 내리면서 나는 고개를 갸웃거렸다. 그녀는 왜 날 보지 못한 거지? 왜 나는 그녀를 부르지 않은 거지? 어이없는 미소가 내 얼굴에 번졌을 것이다.

며칠 후에도 비슷한 일이 일어났다. 교양 강의를 마치고 학교를 나서던 내 앞에 다시 그녀가 나타났다. 정문 앞에서 택시를 타려고 손을 들었을 때, 은색 쏘나타 택시 한 대가 스르르 다가와 멈췄다. 타고 있던 사람이 내리는 순간, 나는 바로 그녀라는 것을 깨달았다. 그녀는 가벼운 몸놀림으로 택시에서 내려 정문 쪽으로 걸어갔다. 하늘하늘한 갈색 원피스에 굽이 낮은 샌들을 신고 있었다.

이번에는 그녀를 불렀다. 분명히 내 입에서 목소리가 튀어나와 허공에 흩어졌다. 그 음절들은 허공을 지나 그녀의 귓속으로 스며들었을 것이다. 하지만 그녀는 소리를 듣지 못한 듯, 뒤도 돌아보지 않고 멀어져 갔다. 나는 목청껏, 다시 그녀의 이름을 불렀다. 하지만 때마침 시내버스가 요란한 소음을 내며 지나갔기 때문에 목소리는 허공에서 지워져 버렸다. 버스가 멀어진 뒤, 나는 다시 한 번 온 힘을 다해 그녀를 부르려다가…… 문득 엉뚱한 생각이 들었다. 저것은…… A가 아닌 것인가…….

나는 입을 다물었다. 쫓아가서 확인할 수도 있었는데, 하는 생각은 택시에 올라타고서야 떠올랐다. 나는 그렇게 하지 않았다. 그렇게 하지 않은 이유가 스스로도 의아했다. 나이 든 택시 기사가 룸 미러로 나를 바라보며 아는 아가씨냐고 물었다. 나는 약간 당황한 목소리로 대답했다. 아, 아닙니다, 아니에요. 택시 기사가 전방에 시선을 둔 채 웃으며 농담을 던졌다. 하하, 그런 건 때를 놓치면 안 되는 법입니다. 때라는 게, 획 지나가거든요.

터널을 나오니 진눈깨비가 그쳐 있었다. 아무것도 떨어지지 않는 밤하늘이 펼쳐져 있었다. 거짓말처럼 맑은 밤하늘이었다. 터널에 들어가기 전과 터널에서 나온 뒤가 다른 세상 같았다. 갑자기 도착한 목적지 같기도 했다.

그때 휴대전화에서 신호가 울렸다. 얼마 전에 처음으로 마련한 스마트폰을 들여다보았다. 문자메시지가 도착해 있었다. 나는 고개를 갸우뚱하게 기울였다. 발신자는 A로 되어 있었다. 휴대전화 화면에는 확실히 A라고 적혀 있었다. 아마도 누군가 그녀의 전화로 잘못된 문자를 보냈을 거라는 생각이 들었다. 아직 해지되지 않은 그녀의 전화기로.

나는 버튼을 눌러 메시지를 확인했다. 메시지는 간결했다.

잘 오고 있는지.
밤하늘은 어디에서 와서 어디로 가고 있는지.
언제나 등 뒤에는 더 깊은 세계.

죽은 이의 전화번호를 물끄러미 바라볼 때가 있다. 그 번호로 전화를 걸어 볼 때가 있다. 전화기가 꺼져 있다는 음성을 오래 듣고 있을 때가 있다. 하지만…… 그 번호에서 전화가 걸려오거나 메시지가 날아온다면……?

나는 문자메시지의 문장들을 다시 한 번 눈으로 읽었다. 한국어가 아니라 낯선 외국어 같았다. 등에 땀이 배는 것이 느껴졌다. 내 몸은 그것이 A의 문자라고 말하고 있었다. 나는 고개를 흔들었다. 아마도 누군가가 먼저 상가에 도착해서 그녀의 전화로 메시지를 보낸 거겠지. 아니면 인터넷으로 보낸 것이거나. 발신자 번호야 아무렇게나 적어 넣으면 되는 거니까. 하지만 누가? 왜 이런 장난을? 염일지도 몰라. 분명해. 이 자식 악취미네. 나는 중얼거렸다. 열심히 중얼거렸다.

앞자리에 앉아 있는 김과 정에게 문자에 대해 이야기하려고 입을 여는 순간, 어딘지 어색한 기분이 나를 사로잡았다. 죽은 애가 문자를 보냈네, 라고 최대한 가벼운 어조로 말하려다가, 나는 입을 다물었다. 차창 밖에 펼쳐진 맑은 밤하늘 때문인지도 몰랐다. 또는 하염없이 등 뒤로 사라지는 세계 때문인지도.

우리가 탄 차가 스르르 멈춘 것은 그때였다. 어둠이 짙게 깔린 국도변이었다. 차 앞에 경광등 불빛이 번쩍이고 있었다. 순찰차였다. 경관 두 사람이 짧은 야광봉을 천천히 흔들면서 승용차 쪽으로 다가오는 것이 보였다. 한 사람은 호리호리한 몸피에 키가 컸고, 반대로 다른 한 사람은 위에서 압력을 가해 옆으로 퍼진 것처럼 통통했다.

앞에 앉은 김에게서 묘한 긴장감이 느껴졌다. 운전석 쪽 차창이 스르르 내려가는 것을, 나는 뒷좌석에 앉은 채 바라보고 있었다. 마른 체구의 경관이 차창 안을 살핀 것과 "뭡니까?"라는 김의 말이 들린 것은 거의 동시였다.

마른 체구의 경관은 얼굴도 갸름했다. 피곤한 표정이었다.

눈은 곧 감길 듯 게슴츠레했다. 얼굴에는 붉은 반점들이 점점이 자리 잡고 있었다. 차 안을 둘러보던 경관의 시선이 내 시선과 마주쳤다. 나는 경관의 눈이 잔뜩 충혈돼 있다는 것을 깨달았다. 핏물이 흘러내릴 것 같은 느낌이었다. 경관은 나를 물끄러미 바라보다가 김을 향해 시선을 돌렸다. 김의 눈가엔 잔주름이 잔뜩 밀려들어 있었다. 경관이 뭔가를 불쑥 차창 안으로 들이밀면서 말했다. 기계에서 나는 전자음과 비슷한 목소리가 흘러나왔다.

"신고입니다. 협조하십시오."

경관이 들이민 것은 음주측정기였다.

"네? 뭐라고요?"

김이 그렇게 반문하면서 상반신을 뒤로 뺐다. 본능적인 동작이었다. 경관이 음주측정기를 손에 든 채 반복했다.

"신고입니다. 협조하십시오."

김이 가만히 바라보고만 있자 경관이 재차 말했다.

"거부입니까?"

기계음에 가까운 건조한 목소리가 차 안에 울려 퍼졌다. 조수석의 정이 "여보."라고 말하면서 김의 어깨에 손을 대자, "가만 있어 봐."라고 중얼거리며 김이 그녀의 손을 밀어냈다.

하지만 곧 고개를 절레절레 흔들면서 측정기에 입을 갖다 댔다. 어쩔 수 없지, 하는 표정이었다. 측정기에서는 아무런 소리도 나지 않았다. 경관이 화면을 확인하더니 "더! 더!"라고 명령하듯 말했다. 김의 눈가가 잔뜩 찌푸려졌다. 볼이 불룩해졌다. 측정기에서 "삑삑" 소리가 울렸다. 경관이 화면을 확인하고는 역시 기계음으로 말했다.

"아저씨, 술 드셨지?"

김이 화들짝 놀라며 부정했다.

"아닙니다, 아니에요."

경관은 다시 화면을 확인하더니, "노란색이네."라고 혼잣말을 했다.

"가시우. 앞으로 술 드시면 운전하지 말고."

경관은 짧고 명료하게 말하고는 차에서 떨어졌다. 그는 옆에 서 있던 키 작고 뚱뚱한 경관과 함께 곧바로 순찰차로 돌아갔다.

운전석의 김이 한숨을 내쉬었다. 뒷자리에 앉아 있던 내 입에서도 휴우 소리가 흘러나왔다.

"아…… 뭐야, 씨팔."

김이 내뱉은 욕설과 다시 차에 시동이 걸리는 소리가 동시에 들려왔다. 나는 등받이에 몸을 기댔다. 차가 움직이고, 내 몸도 다시 흔들리기 시작했다.

국가의 탄생

김金

세계는 일종의 연극 무대다. 자신이 자신을 연기하는 무대. 누구에게나 자신의 배역이 있고, 자신의 장르가 있다. 누군가에게 이 세계는 멜로드라마고, 누군가에게 이 세계는 코미디나 비극이고, 누군가에게 이 세계는 가면극이나 판타지 또는 부조리극일 수 있다. 거기서 우리는 모두가 주인공이기도 하고, 동시에 서로에 대해 행인 1, 행인 2이기도 하다.

한때 채플린을 좋아한 적이 있다. 채플린은 죽음에 이르기 직전의 어느 날, 이렇게 말했다고 한다. 나는 일생 동안 자기 자신을 연기해 왔다, 라고. 자기 자신을 연기한 배우. 그럴 듯한 말이다. 그가 영화 속에서 연기한 캐릭터 리틀 트램프는 바로 빈민가 이스트엔드 출신의 채플린 자신이었으니까. 채플린은 자기 자신을 연기하면서 일생을 보낸 셈이다.

나는 채플린과 반대다. 채플린은 실제의 자신을 허구인 영화 속에서 연기했다. 거꾸로 나는 허구의 자신을 실제 속에서 연기하는 것 같은 기분으로 살아왔다. 아무리 나를 연기해도 무언가가 채워지지 않는 느낌이 들었다. 진짜 나는 텅 비어 있는 느낌. 허수아비나 목각 인형 하나가 덜그럭거리며 살아가는 기분.

게다가 내가 속한 무대는 냉정한 곳이었다. 관객들의 가차 없는 시선을 견디는 자가 승리한다. 자신의 연기력이 무대를 압도하도록 만들어야 한다. 연기력이 부족하다면 스토리텔링이라도 해야 한다. 무엇으로든 호소하지 않으면 안 된다. 그것에 실패한 자들 대부분은 엑스트라가 되거나 무대장치의 일부가 된다. 이 세계의 배경이 되는 것이다. 물론 그것조차 못하는 자들이 있다. 스스로 제 내면으로 퇴각하는 자들. 제 내면조차 버리는 자들. 자신을 방기하는 자들. 그들은 무대 저편으로 밀려난다. 그들이 어떻게 살아가는지는 아무도 관심을 갖지 않는다. 간혹 살인이나 성폭행 같은 사건을 통해서만, 세계는 그들에게 관심을 갖는다.

전방에서 달려들던 진눈깨비가 보이지 않았다. 검은 하늘은 언제 그런 것을 쏟아 냈느냐는 듯 맑은 느낌이었다. 사방은 검고 고요했다. 뮤트를 누른 텔레비전 같았다. 전방을 비추

는 전조등 불빛만이 차가 전진하고 있음을 알려 주었다. 단조
로운 주행이었다.

뒷자리의 최가 물었다.

"술 마셨나?"

나는 선선히 대답했다. 감출 이유가 없었다.

"음, 조금. 아까 저녁 먹을 때."

내 느릿한 대답에 최가 다시 물었다.

"근데 왜 그냥 가지? 저치가?"

"노란 불만 들어왔잖아. 걸리기 직전이었지."

나는 심상하게 대답했다. 최는 "다행이네."라고 말하며 등
받이에 몸을 묻었다. 나 역시 말없이 전방을 주시했다. 룸 미
러로 최를 힐끗 쳐다보았다. 최는 표정 없이 바깥의 어둠을
바라보고 있었다. 생각날 때마다 바로바로 입을 열어 말을 뱉
는 게 최였다. 그러니 생각이 깊지 않고 반응만 빠르지. 나는
그렇게 생각했다. 차가 서서히 속도를 높이기 시작했을 때, 문
득 생각난 듯 최가 다시 입을 열었다.

"그런데, 이 길이 맞긴 한 거야? 아까 이정표 봤다고 했
나?"

이번에는 대꾸하지 않았다. 아까 표지판에 K시 방향이라고
적힌 것을 보았으니 맞을 것이다. 갈림길이 없었으니까. 최도
더 묻지 않고 입을 닫았다.

어딘지 알 수 없는 곳을 향해 가고 있다는 느낌은 사라지지 않았다. 눈앞을 획획 스쳐 뒤로 사라져 가는 차선만 보고 달리자니 당연한 일인지도 몰랐다. 제자리에서 달리는 기분이었다. 거대한 쳇바퀴가 자동차 아래서 돌아가고 있는 느낌이기도 했다. 하긴 지구라는 것 자체가 일종의 쳇바퀴인지도 모르지, 하는 엉뚱한 생각이 스쳐 갔다. 캄캄한 국도였고, 언제부터인가 표지판도 보이지 않았다.

휴대전화에 두 번째 문자메시지가 뜬 것은 꽤 시간이 흐른 뒤였다. 나는 핸들을 손에 쥔 채 휴대전화를 곁눈으로 확인했다. 이번에도 화면에는 A라는 글자가 새겨져 있었다. 시선은 전방에 둔 채 문자를 확인했다. 뒤에 앉은 최가 보지 못하도록 각도에 유의했다.

오느라 힘들지?

이 겨울은 어디에 도착할까?

그때도 우리는 또 처음 만난 것처럼.

메시지는 짧고, 이상하고, 다정했다. 그 다정함이 마치 생물인 듯 목을 조르는 느낌이었다. 넥타이가 뱀처럼 목을 타고 오르는 기분이었다. 넥타이를 느슨하게 풀었다. 불쾌한 기분은 사라지지 않았다.

어떤 새끼가 장난치는 거야. 걸리기만 해 봐. 나는 전방을 노려보며 액셀을 밟았다. 염인가? 엊그제 일을 복수하려고 이런 유치한 짓을 하는 건가? 그럴 리가. 횡설수설을 하긴 해도 문자 따위로 그럴 놈은 아닌데. 혹시 아까 그녀의 죽음을 통보한 사람인가? 그럴 리가. 목소리가 이미 지쳐 있지 않았던가. 나한테 이런 장난을 칠 이유도 없고. 전조등 저편의 어둠 속에서 그녀의 문장이, 그녀의 얼굴이 스르르 다가오는 기분이었다. 다정하고 이상한 그 얼굴이.

A가 전화를 걸어온 건 2주일 전이었다.

"전에 내가 든 보험 있잖아?"

전화 저편의 목소리가 말했다. 그때 내 책상에는 내 앞으로 송달된 채무 변제 독촉장과 보험료 산정표 따위의 서류들이 어지럽게 흩어져 있었다.

"응, 말해."

나는 넥타이를 느슨하게 풀면서 다소 수세적인 어조로 답했다. 시선은 숫자들에 둔 채였다. 지금은 통화할 기분이 아닌데. 그런 생각이 머릿속을 지나가고 있었다. 이런 경우 절반 이상은 변심에 의한 계약 취소였다. 아니면 계약 조건에 대한 불만 토로거나.

게다가 그녀도 나처럼 채무 독촉에 시달리고 있다고 했다.

아버지의 사망 후 발견된 채무 때문이라고 했던가. 아버지가
명퇴 후 사채까지 빌려 주식에 손을 댔다가 벌어진 일이라는
게 그녀의 말이었다. 흔하디흔한 불운이었고 동정의 여지가
없는 불행이었다. 바다 건너에서 발생한 금융 위기가 엉뚱한
사람들을 괴롭히고 있었다.

"사망 시 얼마라고?"

"아, 그거 다 얘기해 줬는데. 계약서에 나와 있어."

나는 다소 퉁명스럽게 대답했다. 그녀가 조심스러운 어조
로 다시 물었다.

"사망 이유는 안 따지나?"

"이유?"

나는 간단명료하게 설명해 주었다.

"본인 과실인 경우, 자살인 경우 등은 지급이 안 되지만,
다른 경우는 괜찮아. 걱정하지 마."

적어도 계약을 취소할 의도는 아니라는 생각에 목소리가
다소 누그러졌다. 그녀의 다음 질문은 다소 뜻밖이었다.

"자살인 경우는 안 된다고?"

"응? 안 되지. 왜, 자살하게?"

나는 웃으며 덧붙였다.

"하긴, 방법이 없는 건 아니지. 사고사로 위장하면 되니까,
하하."

그게 생각보다 깔끔하지, 라는 말이 목젖까지 올라왔다 들어갔다. 위장 자살 케이스는 이미 여러 건 접한 적이 있었다. 모두 심증으로 끝났다. 죽은 자는 어차피 말이 없다. 고의인지 사고인지, 필연인지 우연인지를 가리는 것은 생각보다 쉽지 않다. 목숨을 걸고 돈을 요구하는 데는 당할 재간이 없는 것이다. 죽은 자에게 약간의 정교함만 있다면, 대부분은 사고사로 승인된다. 사고를 고의적 죽음, 즉 자살이라고 주장하고 그것을 입증할 책임은 보험사에 있으니까. 역시 흔하디흔한 수법이었다. 이젠 영화 소재로도 식상할 만큼.

이런 이야기를 A에게 하고 있다니. 내 웃음 끝에서 쓴맛이 배어 나왔다. A는 학점이니 연수니 토익이니…… 그런 것들과 무관한 친구였다. 짐짓 그런 척하는 게 아니라는 건 그녀의 눈빛만 보아도 알 수 있었다. 그녀는 이 세계의 논리 바깥에 있었다. 그런 A가 나를 따라 웃었다.

"아, 그냥 확인차 물어본 거야."

"별걸 다 확인한다, 야."

나는 가볍게 대꾸했다. 일상적인 대화였다. 날씨가 춥다고, 바다에나 갔으면 좋겠다고, 그녀가 말했다. 입춘이 가까워 오는데도 날이 안 풀린다고, 바다에는 언제 같이 가자고, 옛날 생각 난다고, 나는 대답했다.

기상 뉴스의 배경으로 찍힌 것에 대해서는 말하지 않았다.

별다른 의미도 없는 일이었으니까. 보험 계약을 위해 시내에서 그녀를 만났을 뿐이니까. 잠시 팔짱을 낀 것뿐이니까. 그 순간 우리가 한때 연인이었다는 시시한 감상이 나를 사로잡긴 했다. 그녀의 팔을 내 팔에 끼운 것도 그 감상 탓이었을 것이다. 그녀는 팔을 빼지 않았다. 팔짱을 끼고 걸으며 내가 한 말은 이런 것이었다.

그래도 사람이 생명 하나씩은 있어야지. 주위 사람 안 괴롭히려면 생명 하나쯤은 필수라고. 너희 집 근처에 낡은 터널 있지? 거기서 사고가 났는데, 구조 차량 진입이 어려워서 차량이 전소될 때까지 손을 못 썼다니까. 그 사람이 내 고객이었는데, 생명이 없었던 거야. 손해만 들어 놨더라고. 안타깝더라니까, 정말. 반대의 경우도 있지. 염을 봐. 걔가 사실 이미 죽은 걸로 돼 있거든. 이미 오래전에 익사로 처리돼서 보험금을 받아 갔다니까. 정말이야. 그 후에는 다른 실종자의 이름을 구해서 사업까지 벌였고. 그것도 망해서 홈리스가 됐지만…….

물론 나는 생각하지 못했다. 그 순간 어디선가 카메라가 돌아가고 있으리라고는. 그녀가 내 이야기를 주의 깊게 듣고 있으리라고는.

전방에 정차해 있는 경찰차가 보이고, 경광등 불빛이 번쩍거렸다. 두 번째였다. 나는 상향등을 내렸다. 경찰차를 지나치면서 브레이크에 발을 얹었다. 인피니티가 국도변에 스르르 정차했다. 전조등을 껐다. 백미러를 바라보았다. 경관 두 사람이 승용차를 향해 걸어오는 게 보였다.

아까 그 사람들인데.

뒷자리의 최가 중얼거렸다.

아, 씨. 뭐야 또.

내가 말했다. 배 속 깊은 데서 불쾌감이 꾸물꾸물 올라왔다. 히치콕은 경찰을 싫어했기 때문에 아예 운전을 안 했다는 얘기를 들은 적이 있다. 히치콕만큼은 아니지만, 나 역시 경찰을 좋아하지 않았다. 멀리서 사이드카가 보이면 핸들을 돌려 다른 길로 가는 게 습관일 정도였다. 술을 마시지 않았을 때조차도 그랬다. 과민한 반응이라고 아내는 지적하곤 했다. 하지만 사람에게는 아무래도 버릴 수 없는 것들이 있는 법이다.

두 명의 경관 중 호리호리한 쪽이 수신호로 내릴 것을 요구했다. 나는 차 문을 열고 나갔다. 다소 거칠게 문을 닫았다. 두 번씩이나 세우다니. 나는 한 손을 허리에 올렸다. 불쾌감의 표현이었다. 앉아 있다가 일어서면 사람들은 생각보다 큰 내 골격에 놀라곤 했다. 거구라고까지 하기는 어렵지만, 육중한 느낌을 주기에는 충분했으니까. 몸을 삐딱하게 기울이고 한 손을 허리에 얹은 채 험악한 표정을 짓고 있으면, 웬만한 사람들은 겁을 집어먹었다. 실은 나 자신이 더 긴장해 있을 때조차도 그런 자세를 취하곤 했다. 긴장해 있기 때문에 무의식중에 그런 자세를 취하게 된다는 게 더 정확한지도 몰랐다. 나는 그 습관을 교정하려 하지 않았다. 그것이 나를 지키는 내 방식이니까.

"뭡니까, 또?"

가능한 한 거칠고 낮은 목소리로 입을 뗐다.

"그게…… 아까는 기계 고장이라서."

경관은 손에 든 단말기를 슬슬 흔들면서 미안하다는 듯 작은 목소리로 대답했다.

"아니, 그게 무슨 말입니까?"

내 목소리가 좀 더 커졌다. 상대가 약해 보일수록 이쪽은 강해지는 법이다.

"아까 측정한 건 기계 고장이라 무효라는 말입니다."

하지만 이번에는 미안해하는 기색이 없었다. 사무적인 어조였다. 동사무소에서 등본이라도 떼어 준다는 투였다. 그는 내 쪽은 쳐다보지도 않고 손에 든 단말기에 시선을 두고 있었다. 키는 나와 비슷했지만 마르고 빈약한 체격을 가진 경관이었다.

"무효? 그게 무슨 말이오?"

내 입에서 한껏 비틀린 목소리가 튀어나왔다. 경관이 나를 힐끗 바라보더니 검지를 세워 제 코 앞에 갖다 댔다. 조용히 하라는 뜻이었다. 경관은 그런 자세로 입을 열었는데, 이번에는 나만큼이나 굵고 낮은 목소리가 흘러나왔다. 마치 다른 스위치를 켜고 말하는 것처럼 느껴졌다.

"아, 아, 아."

마이크 시험이라도 하듯 짧게 내뱉은 뒤 그가 말했다.

"협조하십시오. 민주 시민은 그렇게 하는 겁니다."

단호하고, 딱딱한 어투였다.

"뭐, 뭐요? 민주 시민?"

뱀이 목젖을 열고 튀어나올 것 같은 기분이 들었다. 경관이 측정기를 내 입 쪽으로 내밀었다. 나는 경관이 내미는 기계를 한 손으로 제지했다. 반사적인 행동이었다. 경관의 얼굴이 일그러지더니 이내 무표정으로 돌아갔다. 그러고는 말없이 손에 힘을 주는 게 느껴졌다. 기계를 마주 잡은 채 경관과 내가 손에 잔뜩 힘을 주고 있었다.

경관이 나를 노려보았다. 방법이 없었다. 나는 손을 내렸다. 불만스러운 표정으로 측정기에 입을 갖다 대고는 힘껏 입김을 불었다. 아까의 노란 불이 다시 들어왔다. 반사적으로 내가 외쳤다.

"보이쇼? 보여? 이게 기준치 아래라는 뜻인 건 아시겠지?"

나는 의기양양한 분노에 휩싸여 소리쳤다. 경관은 단말기를 확인하더니 희미하게 미소를 지었다. 그리고 그의 입에서 나온 건 뜻밖의 말이었다.

"K시에는 왜 가우?"

일종의 기습이라고 할 만했다.

"뭐요?"

"K시에는 왜 가느냐고 물었수."

의뭉스러우면서도 단호하게, 그가 덧붙였다.

"아니, K시 가는 걸 어떻게?"

수세에 몰린 목소리라는 게 스스로 느껴질 정도였다. 경관이 눈을 치떠 내 눈을 똑바로 바라보았다.

"이 길은 대개 K시 가는 사람들이 이용하니까. 대답이나 하시우."

"친구가 죽어서 문상 가는 길인데, 그건 왜……."

그러자 경관이 한쪽 눈을 과장되게 일그러뜨리며 물었다.

"친구? 친구 누구?"

"아니, 누구라면 압니까?"

"아, 알지. 압니다. 알다마다. 대답이나 하쇼."

나는 멍한 표정으로 경관의 얼굴을 바라보았다. 이 사람이 지금 무슨 말을 하는 거야? 목젖까지 올라왔던 뱀은 자취도 없이 사라진 뒤였다. 경관은 혼잣말처럼 중얼거리며 손에 든 단말기 화면을 들여다보았다.

"친구? 친구라…… 친구라면."

뭔가 찾는 듯 단말기로 이리저리 조회를 하더니 유심히 화면을 바라보았다. 그리고 천천히 입을 열었다. 판사가 선고를 내리는 듯 건조한 목소리였다.

"이런 거라도 알려 줘야 하나? 당신은 불법 주가조작에 연루되어 당국의 조사를 받은 적이 있지요? 지난 3년간 금지된 사설 도박장과 경마장에 출입하며 약 7500만 원을 탕진했군요. 그 돈은 당신이 관리하던 고객 계좌에서 출금한 것이며, 현재 전문 사기범이 포함된 일당에 연루돼 보험 사기를 조장하거나 묵인한 혐의로 조사를 받고 있고……."

경관의 말하는 속도가 점점 빨라졌다. 빨라졌을 뿐만 아니라 옥타브가 점점 높아졌다.

"……사건 당일 오후, 당신은 당신이 사는 아파트의 엘리베이터를 탔군요. 엘리베이터 안에서 23세의 여성을 욕정 어린 눈빛으로 바라봤습니다. 귀가 후 아내와 함께 외출한 당신은 사건 당일 밤 자정 무렵에 모 다세대주택 앞의 작은 공원에 주저앉아 울음을 터뜨렸습니다. 당시 혈중 알코올 농도는……."

경관의 목소리는 점점 커지고 있었다. 나는 멍한 표정으로 경관의 뚫린 입을 바라보았다. 경관이 혈중 알코올 농도까지 이야기했을 때, 나는 힘겹게 입을 열었다.

"아, 아니, 자, 잠깐. 사, 사건 당일이라니, 무슨 말입니까? 사건 당일이라니? 내가 무슨 사, 살인이라도 저질렀다는 겁니까? 지금이 80년대도 아니고, 경찰이 시민을 이렇게 다뤄도 됩니까?"

내용은 항의조였지만, 목소리는 크지 않았다. 그 순간, 뜻밖에도 경관의 표정이 바람 빠진 풍선처럼 일그러졌다. 스르르 공기가 흘러나오는 목소리로 경관이 말했다.

"그렇지요. 지금은 2000년대지요. 아니 2010년대인가? 2020년댄가? 지금이 언제야? 응? 지금이? 언제입니까? 응?"

경관이 나를 바라보았다. 나를 향해 묻는 게 틀림없었다. 경관의 눈이 문득 초점을 잃은 것처럼 보였다. 머릿속에서 회로가 뒤엉키는 듯한 느낌이 들었다. 내가 항의하듯 말했다.

"아니, 지금 무슨 사고가…… 사건이 일어났다고 하지 않았습니까?"

그러자 경관의 얼굴이 더 일그러졌다. 얼굴 근육들이 각자 다른 방향으로 움직이는 것 같았다. 목소리도 심하게 떨리기 시작했다.

"아, 그, 그렇지, 그럼. 사건. 사고. 그런 게 발생했어요, 사고가. 사건이. 저기 저 터널에서. 터널에서 자동차가 뒤집혔어. 자동차가. 전복 사고라고 하지, 그런 걸."

"네? 터널에서? 전복 사고가?"

"그래요. 사고, 사고가."

경관의 눈에서 눈물이 흘러나온 건 그때였다.

"내가, 내가, 이상해."라고 울먹이더니 경관은 내 어깨에 한 손을 얹고 다른 한 손으로는 자신의 얼굴을 감싸 쥐었다. 무슨 일이 일어난 건지 알 수 없었다. 제 얼굴을 감싸 쥔 경관의 손가락 사이로 눈물이 뚝뚝 떨어졌다.

"이, 이봐요, 이거, 뭐."

내가 당황해서 말하는 순간, 이번에는 경관이 울음을 뚝 그쳤다. 그가 천천히 손을 내렸는데, 언제 그랬냐는 듯 사무적인 표정이었다. 경관의 입에서는 이런 말이 흘러나왔다. 예의 그 차고 건조한 목소리였다.

"그런데, 그 사고 전에 신고한 사람이 있다니까."

방금 눈물을 흘리던 사람이라고는 믿을 수 없는 어조였다.

"이, 이 사람이 장난을 치나……."

나는 나도 모르게 눈살을 찌푸리며 목을 뒤로 뺐다. 화를 내야 한다고 생각했지만 그저 생각뿐이었다. 자신의 연기에 몰입하지 못하는 코미디 배우가 된 기분이었다. 주위의 모든 배우들이 비극에 빠져 있는데, 혼자 코미디를 연기하는 배우의 기분이라고 해도 좋았다. 아니, 주위가 온통 희극인데 나 혼자 광야의 리어왕이 된 느낌인지도 몰랐다.

다시 경관이 입을 열었다. 이번에는 위협하는 어조였다.

"사고가 나기 전에, 사고를 신고한 사람이 있다니까. 신고 시점이 사고 시점보다 앞선다니까."

"뭐, 뭐요? 뭐라는 거야, 대체?"

내 목소리가 높아졌지만, 경관의 목소리가 더 높았다. 거의 외친다고 해도 좋았다.

"신고자가 공중전화를 사용했다니까! 그래서 지금 사망자 주변 인물들을 탐문 중이라니까!"

"아니, 이 사람이…… 신고자는 뭐고 사망자는 또…… 아니, 대체 왜 여기서…… 이런 국도에서…… 나한테 그런 얘기를……."

나는 나도 모르게 뒷걸음질을 쳤다. 작은 눈이 갑자기 커지더니, 경관이 윽박지르듯 외쳤다. 커다란 목소리가 경관의 목에서 터져 나왔다.

"당신이 용의자니까! 용의자니까!"

멱살이라도 잡을 듯 경관이 가까이 다가왔다. 얼굴이 붉게 부풀어 올라서 곧 터질 것처럼 보였다. 혈관들이 일제히 얼굴 밖으로 부풀어 오르고 있었다. 핏발 선 안구가 눈에서 튀어나올 것 같았다. 나는 뒷걸음질 쳤다. 그 순간 경관은 제 서슬을 못 이겨 들고 있던 단말기를 떨어뜨렸다. 두 손으로 제 가슴을 움켜쥐었다. 심장이라도 꺼내려는 것 같았다. 얼굴을 잔뜩 일그러뜨린 채 경관이 외쳤다. 숨이 넘어가는 사람의 절박한 목소리였다.

"아아, 협조 좀, 협조 좀 해 주십시오. 여러분. 여러분."

그는 제 가슴을 쥐어뜯으며 무릎을 꿇더니 급기야 제 머리를 부여잡았다. 뭐가 어떻게 돌아가는 건지 알 수 없었다. 콘크리트 바닥에 떨어진 단말기에서 빨간빛이 반짝였다. 경광봉은 또르르 굴러갔다.

차 안의 일행들과 얘기를 나누던 다른 경관이 뛰어와 그를 경찰차로 끌고 가지 않았다면, 나는 계속 뒷걸음질을 쳤을 것이다. 계속, 멀리, 뒷걸음질을 쳤을 것이다. 경관이 보이지 않을 때까지, 아내와 최가 보이지 않을 때까지, 인피니티가 보이지 않을 때까지, 이 이상한 밤의 국도변을 벗어날 때까지……

20세기 소년 독본

최崔

키가 큰 경관의 요구에 따라 김이 내린 뒤였다. 다른 경관이 운전석 차창을 통해 고개를 안으로 들이밀고는 뒷자리의 나를 바라보았다. 푸딩처럼 부푼 얼굴…… 가운데 까만 단추 두 개가 박혀 있는 쟁반…… 그런 인상이었다. 고개를 너무 깊이 들이민 탓에 목을 가누기가 힘겨워 보였다. 나는 웃음을 터뜨릴 뻔했다. 일그러져 있었을 내 얼굴을 경관은 물끄러미 바라보았다. 바라만 볼 뿐 말이 없었다. 어색한 침묵이 차 안에 번져 갔다. 나는 그런 종류의 침묵을 좋아하지 않았다. 생각을 가로막는 침묵. 뭔가 어긋난 느낌으로 가득한 정적. 주위의 모든 사물들이 각자의 발작을 기다리고 있는 듯한 고요.

　"또 무슨 일입니까? 왜요? 왜 그렇게 보는 겁니까?"

내가 다소 성마른 소리를 냈다. 경관은 뜻밖에도 정중한 목소리로 대꾸했다. 여전히 나를 빤히 바라보면서였다.

"실은…… 저 터널에서 사고가 나서 말입니다. 그래서 검문 중입니다."

"사고요? 터널에서요? 거기서 무슨 사고가 났단 말입니까?"

"승용차 한 대가 터널 벽을 들이받고 뒤집혔어요. 전복됐다는 말이지. 운전자는 여자 하난데, 그 자리에서 사망했고."

경관은 표정의 변화 없이 말했다.

"그런데요?"

"이게 사고사 같지가 않아서. 미심쩍은 데가 많아서."

"미심쩍은 데?"

"첫째, 터널 벽을 왜 받아? 멀쩡한 차가. CCTV를 보니 차가 꺾인 각도도 이상해. 노루라도 달려왔나? 유령이라도 봤나? 대체 뭘 피하려 했는지 알 수가 없다니까. 둘째, 어찌나 세게 부딪혔는지 터널 벽이 심하게 훼손될 정도였어. 철근이 다 드러났다니까. 믿기지 않을 정도야. 셋째, 이거 타살 아냐? 왜냐하면, 신고가 들어왔거든."

"타살요? 신고요?"

"응, 사고가 났다고 웬 남자가 전화를 걸어왔어. 이상하지?"

"그게 뭐가 이상합니까? 당연한 거 아니에요?"

"뭐가 당연해?"

"사고가 났으니까 신고를 하는 게······."

"아니, 그게 이상하다니까."

"뭐가요?"

"그 남자가 전화를 건 건 사고가 나기 전이었단 말이야."

단춧구멍 같은 눈이 지그시 일그러졌다. 초점은 내게 맞추어져 있었다.

"어때? 사고가 날 걸 미리 알고 전화한 게 아니라면, 어떻게 그럴 수가 있을까?"

의뭉스러운 시선이었다. 너무 많은 복선과 의미를 담고 있어서 저 자신조차 헷갈려하는 눈빛. 그런 시선에 호감을 가질 방법은 없었다. 내 목소리가 날카로워졌다.

"근데 왜 우리를 검문하는 거요? 우리가 무슨 관계가 있다고?"

경관은 이번에도 말없이 나를 바라보았다. 다시 생각을 막는 침묵. 의심으로 가득한 정적. 발작 직전의 고요.

그때 조수석의 정이 입을 열었다. 낮고 차분한 목소리였다. 하지만 뜻밖의 질문이었다. 그녀는 경관에게 이렇게 말했다.

"그런데······ 왜 아까부터······ 반말인가요?"

경관은 자동기계처럼 고개를 돌려 그녀를 바라보았다. 자신에게 던진 질문이라는 걸 깨닫지 못한 표정이었다. 경관이 고개를 갸웃거리더니 문득 그녀의 말을 이해했다는 듯 대답했다. 어조가 바뀌어 있었다.

"아, 네? 반말요? 제가? 에이, 그럴 리가."

경관이 반말을 하고 있다는 것은 나 역시 깨닫지 못하고 있었다. 불쾌한 코미디를 관람하는 기분이었다. 나는 점점 이상한 불쾌감에 사로잡혀 가고 있었다. 그 순간이었다. 어디선가 비명이 들린 것은.

끄아악, 이라고 할 수도 있고 끄으으, 라고도 할 수 있는 기괴한 비명이었다. 나는 고개를 돌려 차창 밖을 바라보았다. 경관도 소리 나는 쪽으로 고개를 돌렸다. 차에서 꽤 멀리 떨어진 곳에 마른 체구의 경관과 김이 서 있었다. 김은 당황한 듯 뒷걸음질을 치고 있었다. 비명은 김의 앞에 서 있는 키 큰 경관이 지른 모양이었다. 경관은 제 가슴을 쥐어뜯고 있었다.

우리와 대화를 나누던 키 작고 살찐 경관도 그 모양을 물끄러미 바라보았다. 그러다 천천히 입을 열었는데, 지금 펼쳐진 이상한 광경과는 어울리지 않는 담담한 어조였다. 마치 공무원들의 목소리를 다 합한 후에 평균을 낸 것 같은 음성이었다.

"저 친구가 또 시작했습니다. 공황장앤지 간질인지…… 지랄이군요. 걱정하실 건 없습니다. 잠시 제어가 안 될 뿐이니까요. 그뿐입니다. 이거 죄송, 죄송, 죄송합니다."

경관은 세 번이나 죄송하다고 말했다. 식사는 하셨느냐고 묻는 어조와 별반 다르지 않았다. 그는 문득 차창에서 몸을 빼더니 제 동료 쪽으로 걸어갔다.

키 큰 경관은 여전히 자기 가슴을 붙잡고 꺽꺽거리고 있었다. 메마른 비명이 입에서 흘러나왔다. 몸의 관절들이 제각각 움직이고 있는 것처럼 보였다. 손은 심장을 쥐고, 무릎은 땅을 가리키고, 이마는 밤하늘을 향하고 있었다. 몸 안에서 살던 괴물들이 일제히 다른 방향으로 뛰쳐 나가려 하는 듯한 모습이었다.

키 작은 경관이 그의 팔을 붙잡고는 순찰차로 끌고 갔다. 능숙한 동작이었다. 가능한 한 빨리 사라지려는 듯 서두르는 기색이었다. 두 사람이 탄 뒤 사이렌이 요란하게 울린 것과, 순찰차의 시동이 걸린 것과, 튕겨 나가듯 순찰차가 달려 나간 것은 거의 동시였다. 후미등의 붉은 불빛이 어둠 저편으로 사라져 버린 후에야, 멍하니 밖에 서 있던 김이 운전석으로 돌아왔다.

김은 얼이 빠진 표정이었다. 핸들을 잡고도 멍하니 앉아 있었다. 우리는 어색한 침묵에 잠겼다. 방금 무슨 일이 일어난 것인지 이해할 수 없었다. 하긴, 이해되지 않은 채 우리 곁을 흘러간 시간들이 얼마나 많으랴.

김이 겨우 시동을 걸었다. 차가 다시 출발했을 때, 조수석의 정이 김 쪽으로 몸을 틀고 물었다.

"대체 무슨 일이야?"

김은 입을 열지 않았다. 짧은 침묵 후에 정이 다시 말했다.

"그런데…… 아까 그 경관이……."

그녀는 거기서 말을 끊더니 "아니야."라고 중얼거렸다. 운전을 하던 김이 "뭐?" 하고 되물었지만 다시 입을 열지 않았다. 몇 초 뒤 김이 다시 "그 경관이 뭐?" 하고 물었다. 이번에는 약간 톤이 높았다. 그녀가 고개를 전방에 둔 채 말했다. 낮은 어조였다.

"사고가 나기 전에…… 미리 사고가 날 걸 알 수 있나?"

"무슨 말이야, 그게?"

김이 물었다. 그녀가 말했다.

"터널에서 전복 사고가 났다는데. 그 사고를 신고한 사람이 있고. 그런데 사고가 일어난 것보다…… 신고가 먼저 들어왔다고."

김은 가만 생각하는 듯싶더니 퉁명스럽게 중얼거렸다.

"그럴 수도 있지. 사고란 건 다 예측 가능한 거니까."

짧은 정적 후에 김이 덧붙인 말은 이랬다.

"예측 불가능한 건 없어. 어차피 확률 싸움이라고, 현대사회는."

나는 입을 다물고 있었다. 정이 김에게 항의하듯 말했다.

"그게 아니라, 사실을 미리 이야기했다는데?"

"사실? 무슨 사실? 사실이란 게 가능해? 게다가 미리라니, 그건 뭐고? 무슨 말인지, 나 참."

김이 혀를 찼다. 정 역시 무슨 말인지 알고 한 건 아닌 듯했다. 내가 입을 연 것과, 정이 갑자기 생각났다는 듯 말을 뱉어 낸 것은 거의 동시였다. 그녀답지 않게 톤이 높았다. 자기 머릿속에서 떠오른 생각에 스스로 놀란 사람의 목소리였다.

"살인인가?"

그녀의 말에 나는 뭔가 말하려던 내 입을 천천히 닫았다. 김도 대꾸하지 않았다. 대꾸할 수 없는 의문이었다. 정이 다시 입을 열 때까지 침묵이 계속되었다. 그녀에게 어울리지 않는 단어가 다시 튀어나왔다.

"미…… 미필적 고의?"

그러자 짜증 섞인 목소리로 김이 소리쳤다. 말이 반사적으로 튀어나온 듯했다.

"뭘 알고나 하는 말이야? 미필적 고의는 그런 데 쓰는 말이 아냐. 확률이라니까, 확률!"

김은 끓는 속을 간신히 제어하고 있는 듯했다. 말끝이 확연히 떨렸다. 분노로 부들부들 떠는 느낌이었다.

뭔가 하고 싶은 말이 있다고 생각했지만 내 입에서는 아무말도 나오지 않았다. 꺼내기 전에 휘발되는 말들이 있다. 기체처럼 허공으로 흩어지는 말들이. 말로서는 성립되지 않는 말들이. 말하는 순간 스스로를 상하게 만드는 말들이.

나는 더 이상 생각을 이어 갈 수 없었다. 휴대전화에 문자 메시지 하나가 막 도착했기 때문이었다. A로부터 온 문자, 두 번째 메시지였다.

오고 있어? 이제
다시 태어나려는 의욕.
우리는 밤하늘을 해 보자.

나는 그 이상한 글자들을 물끄러미 바라보았다. 도무지 이해할 수 없는 문장이었다. 글자들에 손이나 손가락 같은 게 달린 것 같았다. 꿈틀꿈틀 작은 화면 밖으로 흘러나오는 느낌이었다. 흘러나와서 내 뺨이라든가 심장을 어루만질 것 같았다. 화면에서 튀어나온 손가락들을 마주 잡으려는 듯이, 내 오른손이 나도 모르게 움직였다. 검지가 휴대전화 화면을 터치했다. '통화'라고 되어 있는 부분이었다. A에게, 죽은 그녀에게, 전화를 건 것이다.

신호가 몇 번 가더니 통화가 되었다. 감도가 좋지 않았지만, 휴대전화 저편에서 희미한 목소리가 들려왔다. 그것은 여자의 목소리였다. 낯설고도 익숙한 목소리. 청아한 목소리. 인간의 것이면서 인간의 것이 아닌 목소리. 희미하지만 명료한 기계음.

지금 거신 번호는 없는 번호입니다. 지금 거신 번호는…….

나는 미소를 흘렸다. 웃었다고 해도 좋았다. 누가 보았다면, 아무리 봐도 호감이 느껴지지 않는 이상한 미소라고 말했을 것이다.

나는 전화를 끊었다. 없는 번호로부터 도착한 문자메시지를, 나는 다시 바라보았다. 이마에 땀이 맺혔다. 소매로 땀을 닦아 냈다. 이것은 A가 보낸 문자가 틀림없다. A가 발송 예약을 해 놓은 문자일 거라는 생각이 이어서 떠올랐다. 자신의 죽음 이후에 도착할 메시지를 미리 보내 놓은 것이다.

이 세계에는 몇 개의 문자만 남기고, 자신은 사라지겠다는 듯이.

그런 편지를 받아 본 적이 있다. 초등학교 6학년 때였고, 친구가 보낸 것이었다.

꿈속에서 죽은 내가 나를 바라보고 있다고, 눈을 뜨면 너무 많은 생각이 떠오른다고, 아침마다 뇌세포들이 자꾸 엉킨다고, 슬픈 사람들을 보면 내 온몸이 슬픔에 전염된다고, 작은 목소리로 불평하던 소녀였다. 어린 내게는 '뇌세포'라든가

'슬픔', '전염' 같은 어휘가 낯설었다. 나는 그 애의 입술을 물끄러미 바라보곤 했다. 그런 단어들을 내뱉는 저 입술 안에는 뭐가 들었을까. 정말 작고 딱딱하고 흰 치아들이 들었을까. 뭔가 이상하고 기기묘묘한 벌레들이 들어 있는 건 아닐까. 그런 의문이 들었을 것이다.

어느 날 그 애가 학교 옥상에서 투신했다. 나는 그 애가 그어 놓은 책상 위의 금을 더 이상 넘어갈 수 없었다. 금을 넘어가도 내 손을 찰싹 때릴 그 애가 거기 없었으니까. 이틀이 지난 뒤 편지가 도착했다. 발신자란에 적힌 이름을 보는 순간, 나는 그게 다른 세계에서 온 편지라는 것을 깨달았다. 생니를 뽑힌 아이처럼 나는 달달 떨었다. 그 편지에는 내가 읽을 수 없는 문자들이 적혀 있을 것이었다. 캄캄하고 낯선 문자들이 거기 있을 것이었다. 나는 편지를 노려보았다. 타오르는 문자들이 편지에서 튀어나올 것 같았다. 나는 데일 것이고, 나는 심장이 부풀 것이고, 나는 숨이 가빠질 것이었다.

나는 서랍 속에 편지를 넣어 두고 열어 보지 않았다. 편지를 잊기 위해 노력했다. 거의 1년이 지난 뒤에야, 나는 문득 생각난 것처럼 서랍을 열었다. 서랍 속에는 먼지가 없었다. 편지는 변색되지 않았다. 갓 배달된 봉투처럼 깨끗했다. 수신인란의 내 이름 역시 더 선명해져 있었다. 서랍 속은 시간이 정지해 있구나. 나는 그렇게 중얼거렸다.

내가 스스로 열어야 하는 세계. 그게 내 손에 쥐여 있었다. 나는 봉투를 열었다. 편지는 간단하고 소박했다. 그저 인사말이라고 해도 좋았다. 안녕, 이라고. 넌 좋은 아이라고. 이젠 책상 위의 금을 넘어와도 좋다고. 거기 내가 있었다는 건 잊어도 좋다고. 잘 지내라고. 그게 전부였다. 어째서 그 높은 곳에서 떨어졌는지, 어째서 그렇게 물이 쏟아지듯 사라져 버렸는지는 적지 않았다. 나는 입을 앙다물었다.

그 애의 편지처럼, A의 영화에는 별다른 사건도 별다른 이야기도 없었다. 황량한 느낌이었다. 화면에서 모래 먼지가 흩날리는 것 같았다. 겨울처럼 차고, 길고양이의 그림자처럼 희미하고, 새벽의 인력시장처럼 캄캄했을 뿐이다. 화면 안에 무언가 웅크리고 있다는 느낌은 있었다. 하지만 그게 뭔지는 알 수 없었다. 영화는 아무런 메시지도 전하려 하지 않는 듯했고, 아무런 감정도 풀어놓지 않았다. 그것은 건조했기 때문에 더 황량했고, 황량했기 때문에 더 아름다웠다. 영화가 진행되면서 나는 기시감에 사로잡혔다. 언젠가 저런 이미지들을 본 적이 있다고, 나는 중얼거렸다.

10여 년 전, 20세기의 마지막 며칠이 흘러가던 때였다. 밀레니엄과 Y2K가 어지럽게 교차하던 시절이었다. 나는 탈영 직전의 정신 상태를 가진 어린 병사였다. 선임이 선물이라며 준

것은 부대 내에서 은밀하게 전승된다는 잉여탄이었다. 기록상
으로는 소비된 것으로 돼 있지만 실제로는 사용되지 않은 탄
알. 존재하지 않는 것으로 돼 있으나 분명하게 존재하는 총탄.

수틀리면 한번 써 봐.

고문관이라며 어린 병사를 괴롭히던 나이 든 선임은 제대
하던 날 그걸 병사의 손에 쥐여 주었다. 킬킬거리는 웃음과
함께였다. 그게 마지막 고문인지도 모른다는 생각은 나중에
떠올랐다. 캄캄한 심야에 빈총을 들고 보초를 서고 있으면 무
서운 생각이 시작되었다. 생각은 생각을 낳고 생각은 생각으
로 번져 갔다. 새벽이 되면 어린 병사의 손가락은 빈 방아쇠
를 딸깍거리고 있었다. 손에 땀이 배어 있었다.

무서운 생각을 막기 위해 병사는 엉뚱하게도 여자의 성기
를 상상했다. 집요하게 상상했다. 총은 군인의 성기다. 밤은
여자의 성기다. 나는 총을 든 남자고, 밤은 나를 받아들일 여
자다. 병사는 그렇게 중얼거렸다. 여자의 성기를 상상하고 그
내부를 헤매느라, 교대병이 병사의 어깨를 쳤을 때는 거의 녹
초가 돼 있었다. 휴가를 나가면 반드시 여자의 성기를 관찰하
겠노라고 병사는 결심했다. 어둠을 노려보듯이, 그것의 깊은
곳을 응시하겠노라. 어린 병사는 결심했다. 그리고 그렇게 했
다. 부대에서 가까운 시골 역사 근방에서 여자를 샀다.

여자는 병사보다 나이가 많았다. 병사는 취해 있었다. 취한

손가락 끝에 닿은 여자의 살이 흐물거렸다. 파마 약 냄새가 허공을 떠돌았다. 병사는 여자에게 성기를 보여 달라고 애원했다.

어린 오빠, 귀엽네?

늙은 여자는 웃으며 승낙했다. 병사의 어깨를 잡아 자신의 사타구니로 끌어당겼다. 병사는 여자의 성기에 코를 박았다. 말 그대로 성기에 코를. 깊고 음침한 어둠에 코를.

그 밤은 그렇게 지나갔다. 깊은 곳에서 지나갔다. 자꾸 미끄러지고 자꾸 흩어지는 밤이었다. 자꾸 꿈틀거리고 자꾸 움직이는 밤이었다. 어두운 곳으로 들어가면 더 어두워지는 밤이었다. 어린 병사는 그곳에서 헤어 나올 수 없었다.

다음 날 병사는 집에 돌아가 어머니와 마주 앉아 저녁을 먹었다. 문득 여자의 성기가 머릿속에 떠올랐다. 한번 떠오른 이미지는 강렬하게 병사의 머릿속을 차지했다. 병사는 밥을 입에 떠 넣었다. 된장국을 입에 떠 넣었다. 돼지고기 볶음을 집어 입에 넣었다. 병사의 어머니가 물었다. 너, 멍하니 앉아서 안 먹고 뭐하냐? 병사는 문득 정신을 차리고 어색한 웃음을 지었다.

길을 걸을 때도 그것은 병사의 머리를 떠나지 않았다. 내부의 생김생김이 너무나 선명했기 때문에, 병사는 자기가 그것 안에 들어와 있는 착각에 시달렸다. 거리를 걸어가는 모든 여

자들에게서 그것이 느껴졌다. 붉고 핏발이 서 있으며 물컹물
컹한 그 살의 이미지가 그를 잡아먹을 듯했다. 그것은 머릿속
을 무서운 속도로 장악해 갔다. 이건 머릿속에서 만들어 낸
이미지에 불과해. 병사는 중얼거렸다. 그러나 이미지는 제어
되지 않았다. 그것은 의미가 아니라 단지 이미지 그 자체였다.
그것은 병사의 뇌리에서 한 올 한 올 집요하게 번져 갔다.

귀대하면서 병사는 다시 그 시골 역으로 갔다. 여자를 찾
기 위해서였다. 철거를 반대하는 구호가 담벼락마다 스프레
이로 쓰여 있었다. 아스팔트 포장이 흉하게 벗겨진 거리에 싸
구려 전단지들이 바람에 흩날렸다. 밤의 휘황함은 온데간데
없었다. 여자들의 모습은 보이지 않았다. 붉은 전구들이 아직
가게를 밝히기 전이었다.

병사는 닫힌 유리문을 두드렸다. 안에서 부스스한 얼굴이
나타났다가 사라졌다. 그러기를 몇 번, 지난번의 여자가 화장
기 없는 얼굴로 나타나더니 병사를 물끄러미 바라보았다. 누
군지 떠올리려는 표정이었다. 아직 영업 전이라며 등을 돌리
는 여자를 붙잡고 병사는 애원하기 시작했다. 등받이 없는 둥
근 의자에 앉아서, 여자는 진지한 표정으로 가만히 이야기를
들었다. 병사는 여자 앞에 선 채 솔직하게 모든 것을 말했다.
몇몇 여자들이 킥킥거리며 병사를 구경하고 있었다. 이윽고
여자가 가만히 입을 열었다. 몹시 지친 표정으로, 조용한 목

소리로, 여자는 물었다.

너, 변태냐?

병사는 대답하지 않았다. 여자가 덧붙였다.

그때도 살짝 맛이 갔던데. 너 말이야.

여자는 코웃음을 치다가…… 장난처럼 가벼운 욕을 던지
다가…… 결국 병사의 청을 수락했다.

대낮의 작은 방에서, 환한 방에 형광등까지 켜 놓은 채, 병
사는 붉게 충혈된 눈으로 여자의 사타구니 사이를 바라보았
다. 머릿속의 이미지가 아닌 그것을 노려보았다. 열심히 노려
보았다. 열심히 노려보는 것 이외에 할 수 있는 것은 아무것
도 없었다. 20세기의 마지막 시간이 저물고 있었다.

겨울의 심장

정鄭

나는 신념이 강한 사람들을 존중하지만, 그들과 진심으로 가까워진 적은 없다. 근육질의 영혼만큼 아름다운 것은 없다고 나는 생각한다. 아름다움은 그들의 것이다. 회의주의자의 선병질적인 영혼이 아름다울 수는 없을 테니까. 하지만 신념가들과 함께 있으면 나의 깊은 곳 어딘가에서 거부반응이 시작되곤 했다. 알 수 없는 신호 또는 몸의 작용. 본능이라고 해도 좋을 만한.

　나는 나조차도 의심하지 않으면 안 되는 사람이다. 나는 나 스스로를 의심하는 데 익숙하여, 인생의 대부분을 그 의심의 심연에서 보낼 것이다. 스스로를 의아해하는 인간. 믿음이나 사랑이 도착할 수 없는 영혼의 플랫폼.

그것은 어떤 철학자가 말했다는 '방법적 회의' 같은 것이 아니다. 그것은 목적을 달성하기 위해 선택한 '방법' 같은 것이 아니다. 나의 의심은 스스로 태어나고 스스로 자란다. 심해에서 자란 거대한 연체동물처럼, 그것은 내 몸을 휘감고 내 목을 조른다. 연체동물에게는 눈이 없고, 나는 심해의 희박한 공기에 익숙하다.

그런 내가 미래 시제에 익숙할 리 없다. 내게 미래란, 아직 말할 수 없는 모든 것 자체이다. 미래를 말하기 위해 사람들이 짜 놓은 그물망에 걸려들면 나는 어쩔 수 없이 몸부림을 치게 된다. 나는 삼켜질 운명의 물고기와 같다. 물고기는 연체동물의 빨판을 느끼지 않기 위해 퍼덕거리지만, 그럴수록 그것은 점점 몸을 죄어 온다.

때로 나는 몸부림치는 대신 다른 방법을 택한다. 과거와 미래의 모든 시제들을 지우는 것, 모든 시제들을 현재로 이해하는 것, 그것들을 현재의 어둠에 포함하는 것, 그 어둠에 잠기는 것. 그것이 나의 방식이다. 어둠 속에서 무언가 어렴풋한 것이 보일 때까지…… 그 어렴풋한 것에 내 몸이 스며들 때까지…… 내 몸이 그 어렴풋한 것들에 반응할 때까지…… 그것들과 함께 물 위로 떠오를 때까지…… 시신에 가장 가까운 형태가 되는 것. 익사자가 되는 것. 그것이 나의 방식이다.

A가 사라져 버렸다. 그것은 그녀가 현재의 어둠 속에 스며들었다는 뜻이다. 그녀가 머리카락을 흐트러뜨리며 물속의 어둠을 유영하게 되었다는 뜻이다. 그녀의 시간이 내 영혼에 잠기게 되었다는 뜻이다. 나는 어렴풋이 깨닫고 있다. 앞으로도 오랫동안, 나는 그녀의 물속에서 살아가게 되리라는 것을. 지금보다 조금 더 차가운, 겨울의 심장과 함께.

국도변은 고요하고 어두웠다. 드문드문 서 있던 가로등도 거의 보이지 않았다. 전조등 불빛에 하얗게 질린 나무들이 규칙적으로 다가왔다가 뒤로 사라졌다. 나는 몽롱한 감각에 사로잡혀 있었다. 이 빛의 끝, 저 소실점 너머에는 무엇이 있는 것일까. 어떤 종류의 외로움이 기다리고 있는 것일까. 나는 그 외로움을 얼음처럼 부수기 위해 입을 열었다.

"저기…… 근데 아까 그 경관이……."

그렇게 입을 열었을 때도, 나는 내가 뭘 말하려 하는지 확신하지 못하고 있었다. 뭔가 물어볼 게 있었지만 그게 뭔지 정확하지 않았다. 김이 "그 경관이 뭐?"라고 추궁하지 않았더라면 더 말하지 않았을 것이다.

"……사고가 나기 전에, 사고가 날 걸 미리 알 수 있을까?"

말을 뱉자마자, 이런 말이 아닌데 하는 생각이 들었다. 나는 자주 그런 상태에 빠진다. 친숙한 이물감이었다. 하지만 내가 뱉은 말은 이미 김과 최의 귓속으로 스며든 뒤였다.

아까 경관이 측정기를 내밀면서 차 안을 훑어볼 때였다. 경관의 시선이 나에게 이르렀을 때, 나는 경관이 히죽, 웃음을 흘리는 것을 보았다. 그 순간 내가 잘못 보았을 거라는 의심이 들었다. 국도변의 가로등 불빛과 괴괴한 산의 적막 때문에 착시가 있었던 것인지도 몰랐다. 하지만 히죽, 웃는 경관의 얼굴은 뇌리에 선명하게 남아 있었다. 웃음은 경관의 얼굴 근육을 한 올 한 올 점령하듯 리드미컬하게 퍼져 나갔다가, 순식간에 사라진 것이다. 나는 그 근육의 움직임을 하나하나 설명할 수 있을 것 같았다. 중얼거리듯 나는 입을 열었다.

"터널에서 전복 사고가 났다는데…… 누군가 신고를 했고…… 그런데 이상한 건, 사고가 일어난 것보다 신고가 먼저 들어왔다고……."

김이 빠르게 대꾸했다.

"그건 당연하지. 사고란 건 다 예측 가능한 거니까. 확률 싸움이라고, 현대사회는."

내가 말했다.

"아니, 확률이 아니라…… 사고 시점보다 전화 걸려 온 시점이 빨랐다는데, 신고한 사람이 과거형으로 말했다는 거야."

김은 침묵했다. 최도 말이 없었다. 내 입이 다시 열렸다.

"……미필적 고의?"

김이 퉁명스러운 목소리로 대꾸했다.

"미필적 고의는 그런 데 쓰는 말이 아니야. 확률이라니까, 확률."

나는 입을 다물었다. 내 말은 나에게도 이해되지 않았다. 미필적 고의…… 그건 무슨 뜻일까. 터널에 뒤집힌 자동차가 있고, 자동차 안에 죽은 사람이 있다. 그런데 미필적 고의란 무슨 뜻일까…….

문자메시지가 도착한 건 그 순간이었다. 휴대전화 화면에 빛이 들어왔다. 나는 생각을 멈추고 화면을 물끄러미 바라보았다. 발신자는 A라고 되어 있었다. A가 문자를 보냈구나…… 라고 나는 기계적으로 생각했다.

네 친구가 모였네.
우리는 모두 음악의 어두운 곳으로.
그런데 넌 왜 신발 끈을 목에 묶고 있어?

나는 화면을 물끄러미 바라보았다. 어째서 네 친구인 것일까? 어째서 음악의 어두운 곳일까? 어째서 신발 끈을…… 나는 문득 깨달았다. 이것은 A의 메시지였다. 다른 누가 아니라, 바로 그녀가 보낸 메시지였다. 이 문장은 우리가 공유한 오랜 기억 속의 문장이었기 때문에. 그녀만이 쓸 수 있는 문장이었기 때문에.

겨울의 심장 정鄭

나는 한 영화 속의 인물을 떠올렸다. 기계적인 연상이었다.

……키가 실없이 큰 주인공이 있다. 이름은 윌리. 헝가리 출신의 이민자로 뉴욕에 사는 백수다. 지루하고 심심하고 가난한 일상이 그의 것이다. 그의 아름다운 사촌 에바가 헝가리 부다페스트에서 미국으로 건너온다. 뉴욕에서 잠시 머문 뒤 클리블랜드로 떠나려는 것이다. 에바는 윌리의 작은 집에서 며칠을 보낸다. 아무런 일도 일어나지 않는다. 시간이 흘러갈 뿐이다. 에바는 예정대로 클리블랜드의 친척 집으로 떠난다. 도박판에서 돈을 딴 윌리도 친구 에디와 함께 클리블랜드로 여행을 떠난다. 에바가 보고 싶었던 것인지도 모르지만, 그냥 우연히 떠오른 생각 때문인지도 모른다. 클리블랜드의 친척 집. 빛이 들어오는 창가의 허름한 식탁. 그 식탁을 사이에 두고 앉은 두 사람, 윌리와 에바. 심각한 분위기는 아니다. 모든 것이 다 일상적이다. 이것은 우리가 의식하지 못하고 지나가는 모든 시간들 가운데 하나일 뿐이라는 듯이. 심심하고 지루한 공기가 두 사람 사이를 흘러가고 있는.

그때 윌리가 재미있는 이야기라며 꺼낸 농담은 이런 것이었다.

세 친구가 길을 걷고 있었어. 그중 한 친구가 말했지.

"헤이, 신발 끈이 풀렸어."라고.

다른 사람이 "나도 알아."라고 대답했어.

그리고 걸어가는데…… 아,

아니,

이런 이야기가 아닌데.

다시 할게.

두 친구가 걷고 있었어.

한 친구가 다른 친구에게 "신발 끈이 풀렸어."라고 말을 해.

상대방은 "나도 알아."라고 대답을 해.

그리고 몇 블록을 더 걸어갔는데 세 번째 친구가 나타났지.

세 번째 친구가 "헤이, 신발 끈이……."라고 말하려는데,

아,

아니다.

이런 이야기가 아닌데.

아, 이거 생각이 안 나네.

재밌는 농담인데…….

라는 이야기다. 그것으로 끝이다.

무의미한, 완성되지 않은, 일상적인, 썰렁하기까지 한, 그런 농담. 인생은 그토록 실없는 이야기들로 채워져 있다고 말하는 듯한 그런 이야기. 실없는 문장들로 가득 채울 때에야 거기 인생이 있다는 투의. 텅 빈 이야기.

나는 기억하고 있었다. 윌리와 에바가 나오는 그 영화 「천
국보다 낯선」을. 그 영화를 비디오로 보다가 동아리 방에서
우리가 했던 놀이를.

화면 속에서 윌리의 농담이 끝났을 때였다. 불현듯 건물 전
체가 캄캄해지더니 비디오가 나갔다. 정전이었다. 우리는 캄
캄한 어둠 속에 앉아 전기가 다시 들어오기를 기다려야 했다.
그때 누군가 말했다.

저 농담 속에 나오는 세 번째 친구가 뭐라고 말하면……
윌리의 농담이 완성될까?

그렇게 중얼거린 것이 A였던가, 최였던가. 어쩌면 나 자신이
었는지도 모른다. 어쨌든 우리, 김과 최와 A, 그리고 나는 윌
리의 완성되지 않은 농담을 곱씹게 되었다. 그리고 완성되지
않은 그 농담을 완성하는 놀이에 빠져들었다. 전혀 재미없는
놀이에. 그런데도 빠져나올 수 없는 놀이에. 완성되지 못한 농
담을 완성하는 것이 어둠 속에서 우리가 할 수 있는 유일한
일이라는 듯이.

언제나 아이디어가 넘치는 최가 먼저였다. 그가 만든 완성
본은 이런 것이었다. 두 친구가 걷고 있었어. 한 친구가 다른
친구에게 말해. "헤이, 신발 끈이 풀렸어."라고. 다른 친구는

"나도 알아."라고 대답하지. 그때 세 번째 친구가 나타나서 묻는 거야, 이렇게.

"헤이, 넌 왜 맨발이야?"라고.

이야기를 끌어가던 신발 끈 자체를 사라지게 만들어서 앞의 대화들을 무효로 만드는 것이라고, 최는 친절하게 설명했다. 그는 그게 깊이 있는 철학적 농담이라고 주장했지만, 가벼운 야유를 받았을 뿐이다.

김이 생각한 버전은 이런 것이었다. 두 친구가 걷고 있었어. 한 친구가 다른 친구에게 "헤이, 신발 끈이 풀렸어."라고 말하지. 다른 친구는 "나도 알아."라고 대답해. 그때 세 번째 친구가 나타나서 이렇게 묻는 거야.

"헤이, 넌 왜 코끼리가 되었어?"라고…….

한꺼번에 야유가 터졌다. 김은 코끼리에게는 신발이 필요 없기 때문이라고 신중하게 설명했다. 누군가는, 바로 그 설명만 없다면 꽤 엉뚱하고 흥미로운 대답이라고 평했다. 김은 다소 수줍고 어색하게 웃었다. 내가 좋아한 것은 김의 그런 웃음이었다. 그 웃음에는 누가 들어와도 좋고 아무도 들어오지 않아도 좋은, 그런 방이 있을 것 같았다.

내 차례였다. 내가 만든 문장은 이랬다.

두 사람이 걷고 있었다…… 한 사람이 다른 사람에게 "헤이, 신발 끈이 풀렸어."라고 말한다…… 다른 사람은 "나도

알아."라고 대답한다…… 세 번째 사람이 나타나서…… 이렇
게 말하는 것이다.

"헤이, 넌 신발 끈을 왜 목에 감고 있어?"

모두들 잠시 멍한 표정을 지은 뒤에 "그게 뭐냐?", "말도 안
된다."는 평과 항의를 쏟아 냈다. "어쩐지 무섭다."는 소감을 피
력한 것은 A뿐이었다.

A는 잠시 생각에 잠기더니, 가장 무서운 건 사실 첫 번째
친구라고 말했다. 첫 번째 친구? 첫 번째 친구가 왜 무섭지?
라고 누군가 물었지만, 우리는 A의 대답을 듣지 못했다. 그녀
가 입을 열려는 순간 전기가 들어왔고, 다시 비디오가 돌아가
기 시작했으니까. 우리는 다시 영화에 빠져들었고, 그건 그녀
역시 마찬가지였다.

A는 아무런 문장도 만들지 않았다. A는 신발 끈으로 가능
한 농담들을 많이 알고 있을 것 같다는 바보 같은 생각은 나
중에 떠올랐다. 그 후로도 오랫동안, 나는 문득문득, 가장 무
서운 것이 왜 첫 번째 친구인지 의아한 생각이 들었다. 문득
모든 걸 이해할 수 있을 것 같은 기분이 되기도 했다. "헤이,
신발 끈이 풀렸어."라고 말한 바로 그 첫 번째 친구, 그 친구
를 생각하면 할수록, 윌리의 농담은 점점 더 무서운 농담이
되어 갔다.

문득 내 머릿속을 자막처럼 지나가는 생각이 있었다. 그때

A의 답변이…… 바로 그녀의 영화가 아니었을까. 우리가 본 그녀의 영화 역시, 짧고 실없고 아름다운 농담은 아니었을까. 클리블랜드처럼 춥고 외로운 곳을 여행하는 사람들에 대한 농담. 밤의 국도처럼 단조롭고 어두운 곳을 여행하는 사람들에 대한 농담. 나는 가만히 고개를 끄덕였다. 엊그제 시사회에서 본 A의 영화 제목이 바로 그것이었다.

천국보다 낯선.

그녀가 전화를 걸어온 것은 지난 연말, 자정이 넘은 어느 밤이었다. 김은 귀가가 늦을 것이고 나는 먼저 잠들 것이었다. 또는 잠든 척하거나. 나에게 잠은 휴식이 아니다. 꿈의 세계에서 도망치기 위해 새벽마다 깨어나기를 반복해야 했으니까.

휴대전화에 불이 들어왔을 때 나는 베개를 등에 받치고 누워 추리소설을 읽고 있었다. 『버킷 리스트』라는 제목의 소설이었다. 버킷 리스트는 죽기 전에 해야 할 일들을 적어 놓는 일종의 목록이다. 흔한 제목이고 흔한 내용이었다. 그런 제목의 소설이나 영화는 아주 많을 것 같았다. 아니, 어쩌면 모든 영화가 그것에 대한 것일지도 모른다.

소설은 뉴욕 외곽에 사는 평범한 중년 여성의 이야기였다. 그녀가 살해당한 뒤, 그녀가 써 놓은 버킷 리스트를 하나하나 따라가는 형식이었다. 피살자는 죽기 전에 이미 시한부 인생이었고, 남은 삶 동안 해야 할 일과 하고 싶은 일들을 적어 놓은 상태였다. 친구와 함께 겨울 바다 산책하기. 달콤한 사과 파이 마음껏 먹기. 클래식 기타를 배워 「지고이네르바이젠」 쳐 보기. 수중에 남아 있는 예금을 하루에 다 써 보기. 낯선 남자에게 말 걸어 보기 등등. 사소하고 평화로운 리스트.

그녀는 버킷 리스트를 하나하나 실행하는 와중에 누군가에게 피살된다. 주위의 모든 사람들이 용의자였다. 친구, 내연의 남자, 그리고 남편.

그녀의 남편은 그녀의 친구와 바람을 피우고 있었고, 그녀 자신에게도 내연의 남자가 있었다. 내연남에게는 거액의 빚이 있었는데, 그건 여자가 여기저기서 융통해 준 것이었다. 그녀의 내연남과 그녀의 남편과 남편의 여자. 모두들 살인의 조건을 갖춘 셈이었다. 그녀의 죽음으로 모두들 이익을 볼 수 있었으니까. 경제적으로든 감정적으로든.

전형적인 추리소설이 다 그렇듯이 범인은 의외의 곳에 있었다. 사건을 추적하던 형사는 결국 범인을 밝혀내지만 범인을 검거하지는 못한다. 왜냐하면 범인은 피살자 자신이었기 때문이다. 남편과 친구, 내연의 남자를 증오한 나머지 그녀는 자신의 자살을 타살로 위장했던 것이다. 그들이 범인이라는 증거를 하나씩 남겨 둔 채.

그런 이야기였다. 이야기의 중심에 텅 빈 무대를 만들어 놓

고, 그 텅 빈 무대로 독자들을 끌어들인 뒤, 모든 진실을 희생
자 자신의 것으로 만든다. 피해자가 곧 가해자인 셈이다. 독
자는 범인이 사라져 버린 텅 빈 무대에 서 있는 자신을 문득
발견하고는 망연해진다. 나 역시 마찬가지였다. 이야기의 텅
빈 중심, 아니 텅 빈 침대에 누운 채 멍한 표정으로 마지막
페이지를 노려보는.

휴대전화에 A의 이름이 뜬 것은 그 무렵이었다.

"자니?"

3년여 만에 걸려 온 전화였다. 나는 어쩐지 범인이자 피해
자인 여자를 이해할 것 같은 느낌으로 책의 마지막 페이지를
바라보고 있었다. 내 귓속으로 그녀의 목소리가 흘러들었다.
마치 어제도 그제도 통화한 친구처럼, 그녀는 일상적인 이야
기들을 늘어놓았다. 수다라고 해도 좋을 목소리로. 3년여 만
에. 나는 말없이 그녀의 이야기를 들었다.

요즘에는 시나리오를 접고 르포를 쓰고 있다, 사실들의 세
계는 언제나 픽션보다 흥미롭다, 하지만 먹고살기가 쉽지 않
다, 음식점 알바는 최저임금도 안 되고, 월세는 벌써 3개월째
밀려 보증금에서 까고 있다, 수입이 거의 없는데 K시에 사는
홀아버지한테 용돈을 드려야 하니 어렵다, 전기장판을 쓰는
데 보일러보다 요금이 더 나오는 것 같다…….

그런 이야기들이었다. 버킷 리스트를 닮았지만 방향이 다

른 리스트. 죽음이 아니라 삶을 향하는 리스트. 삶을 향하고 있지만 우울한 리스트…… 하지만 그녀의 목소리에 우울 같은 것은 묻어 있지 않았다. 하소연 같은 것도 아니었다. 마치 엊그제 본 멜로 영화에 대해 이야기하는 것 같은 어조였다. 언제나 그렇듯 차분하면서도 활기찬 목소리. 고요한 생명력으로 가득한 목소리. 내용과 어조의 불일치가 나에게 기묘한 느낌을 주었다. 그녀가 불쑥 물었다. 여전히 부드럽고 화사한 목소리였다.

"너, 자살 같은 거 하고 싶지 않니?"

나는 금방 이해하지 못했다.

"응?"

내가 멍한 어조로 되묻자 그녀의 목소리가 휴대전화에서 흘러나왔다.

"아니, 너 같은 소설을 쓰는 사람은 그런 생각도 하지 않나 싶어서."

그녀는 그렇게 말했다. 나는 바로 대꾸할 수 없었다. 나는 해석에 능한 사람이 아니다. 다른 이의 말이 귓속으로 흘러들어 와 일정한 의미로 바뀌는 데는 오랜 시간이 필요하다. 그녀의 말을 하나의 문장으로 풀어서 머릿속에 쓴 뒤에 천천히 읽어 보았다. 긴 침묵 후에, 나는 그녀의 말을 천천히 이해했다. 소설가들은 예민하지 않느냐, 그러니 글이 안 써지면 자살 충동 같은 것을 느끼기도 하지 않느냐, 그것이 그녀가 한 말의 의미일 것이다.

하지만 "너 같은 소설"이라는 표현은 뉘앙스가 묘하다는 생각이 들었다. 너 같은 수준의 소설밖에 못 쓰는 작가라면 자살 충동 같은 것을 느낄 수도 있지 않느냐는 말로도 해석이 가능하니까. 하지만 그런 생각을 하는 동시에, 나는 나의 해석이 지나치게 극단적이라는 데 생각이 미쳤다.

"뭐, 그런 느낌이 아예 없을 수야 없지만."

나는 시큰둥한 어조로 대답했다. 흥미를 끄는 주제가 아니었다. 나는 그저 시간을 견디기 위해 글을 썼을 뿐이다. 소설로 무얼 해 보려는 의욕 같은 것은 나에게 없다. 걸작을 쓰거나 베스트셀러를 쓰겠다는 따위의 욕망은 더더욱.

"그런데……."

그녀가 말을 이었다.

"지금 내가 하는 이야기가 네 소설 속에 나올 것 같지 않니?"

"무슨 말이야?"

나는 어쩐지 힘겹게 되물었다.

"그냥. 네가 앞으로 쓸 소설에 나올 것 같은 기분이 들어서. 너는 우리의 이야기를 쓸 테니까."

그녀의 입에서 나온 단어 하나하나가 목에 걸려 넘어가지 않았다. 나는 입안에 든 단어들을 천천히 곱씹었다. 맛을 알수 없었다. 그녀의 말에 갇히고 싶지 않다고, 나는 본능적으로 생각했다. 의미를 이해하고 싶지 않았다.

"자라."

그렇게 차갑게 말한 후 나는 전화를 끊었다. 전화기의 음을 소거했다가, 아예 꺼 버렸다. 문득 오래전의 일들이 떠올랐다.

그 축제의 밤에 그녀가 나를 거절한 후, 나는 자주 그녀에게 전화를 걸었다. 새벽에도 전화를 걸었고 아침에도 전화를 걸었으며 밤에도 전화를 걸었다. 집과 강의실 앞에서 그녀를 기다렸고, 그녀가 학교에 오는 길목에서 무작정 기다렸다. 그녀에게 말하기 위해서였다. 나는 네가 듣는 모든 음악을 들었다고, 네가 읽은 모든 책을 읽었다고, 네가 걸어 다닌 곳을 걸어 다녔다고, 네가 바라보는 하늘을 바라보기 위해 매일 고개를 든다고, 그렇게 말하기 위해서였다.

그리고 또 나는 온갖 미문을 떠올려 이렇게 말하려고 했다. 나는 너라는 물속에 잠겨 자라는 식물이라고, 너라는 계절을 떠가는 텅 빈 구름이라고, 너라는 감정의 끝에서 끝까지 뛰어갔다 돌아오기를 좋아하는 강아지라고, 너의 발끝에서 머리카락 끝까지를 섬세하게 핥고 싶은 어린 고양이라고…… 나는 단지 너의 그림자라든가 메아리 같은 것이라고…… 나는 너의 효과에 불과하다고…… 나는 말하려고 했다. 그리고 그렇게 말했을 것이다. 그렇게 말했던 것 같다. 아니, 그렇게 말했을지도 모른다. 그녀의 침묵은 깊고 길었다. 나는 그 침묵을 견디지 못했다. 침묵은 감옥 같았다.

그 가을이 깊어 가던 어느 날, 렌트한 차를 끌고 밤늦게 나를 찾아온 것은 김이었다. 그는 기숙사 철문 앞에 나를 세워 놓고 말했다. 「지상에서 영원으로」에 나오는 버트 랭카스터와 데버러 커의 사랑을 아느냐고. 동해안에 도착해서 물보라가 부서지는 바닷물에 널 밀어 넣고 싶다고. 젖은 네 몸을 끌어안고 키스하고 싶다고. 「지상에서 영원으로」의 사랑이 그러하듯이…….

나는 침묵을 지켰다. 내게는 할 말이 없었다. 어째서 A의 애인인 김이 나에게 와서 동해안으로 가자고 하는지 이해할 수 없었다. 나는 그때 내 등에 차가운 기운을 전해 주던 철문의 감촉을 오래 기억한다. 그 감촉과 함께 시간이 흘러갔다. 그리고 나는 김의 아내가 되었다. 그것은 온전히 나 자신의 선택이었다.

나는 내가 사랑하는 모든 것들이, 이미 그녀가 사랑했던 것이었음을 알고 있었다. 나는 내가 쓰는 모든 문장들이, 이미 그녀가 쓴 것이었음을 알고 있었다. 나는 내가 생각하는 모든 것들이, 이미 그녀가 생각한 것이었음을 알고 있었다. 무엇보다도 나는…… 그것이 좋았다.

　나는 거짓에 익숙하지 않은 것만큼이나, 진실에도 익숙하지 않다. 그날 저녁, 김과 나는 소파에 앉아 뉴스를 보고 있었다. 다른 날과 다르지 않은 저녁이었다. 식사 후였고, 나는 이 도시의 수많은 가족들과 마찬가지로 조용한 휴식을 취하고 있었다. 이 도시는 오늘 밤에도 사소한 걱정과 다툼, 사소한 관심과 무관심, 사소한 대화와 결심, 그런 것들로 가득할 것이다. 오늘 밤에는 아무 일도 일어나지 않았고, 아무 일도 일어나지 않을 것이다. 그것이면 된다고, 나는 생각하고 있었다.

　일기예보는 화사했다. 긴 겨울이 지나가고 봄이 오리라는 기대를 강조하려는 듯, 카메라는 햇살 쏟아지는 거리를 비추고 있었다. 어느 순간, 나는 기상 캐스터의 뒤쪽 인파 속에서 걸어 나오는 두 사람을 보았다. 그것은 남편과 그녀였다. 그들은 팔짱을 끼고 있었다. 남편의 표정은 밝았고 그녀의 표정은 건조했다. 저이들은 봄날의 거리를 걷고 있구나. 내 머릿속으로 그런 문장이 지나갔다. 나를 흘낏 바라보는 그의 시선이 느껴졌다. 나는 가만히 입을 열어 이렇게 말했다.

　"오렌지가 있는데, 까 줄까?"

　그는 텔레비전으로 시선을 돌리며 "좋지."라고 대답했다. 나는 몸을 일으켜 냉장고로 갔다. 오렌지를 꺼내고 냉장고 문을 닫았다. 소파로 돌아와 칼을 손아귀에 쥐고 오렌지를 둥글게 돌리며 칼집을 냈다. 그리고 껍질을 벗겼다. "내일 날씨는 완연한 봄 날씨로……."라고 말하는 캐스터의 멘트를 나는 주의 깊게 듣고 있었다. 나는 인생에 별다른 기대가 없다. 나는 내가 시간 속에 생긴 하나의 흠집 같다고 느낄 뿐이었다. 나는 거짓에 익숙하지 않은 것만큼이나, 진실에도 익숙하지 않다.

바디 스내처

김숲

자신을 제어하지 못하는 자들을 많이 보아 왔다. 자신을 그림자처럼 흘리는 자들. 끓는 물처럼 넘치는 자들. 알코올처럼 기화하는 자들. 혐오스러운 유형이다. 나는 취해 있었다. 물론 견딜 만한 정도로.

　그날 술자리가 끝난 뒤 아내와 함께 택시를 탔다. 차창 밖으로 비가 세차게 내리고 있었다. 겨울비답지 않았다. 세상이 거칠게 흔들렸다. 풍경이란 하나의 환각일 뿐이다. 보는 자의 마음과 시선이 공모해 만들어 내는 환각. 흔들리는 것은 세상이 아니라 나 자신일 뿐이다. 내가 싫어하는 것은 그런 종류의 흔들림이다. A의 문자가 도착한 건 그런 생각을 하고 있을 때였다. 짧고 간명한 문장이었다.

부탁해.

뒤를.

너에게.

나는 그게 무슨 뜻인지 단박에 알아차렸다. 뒤. 삶의 뒤. 존재의 뒤. 종말 따위는 오지 않는 이 세계에서 한 연약한 존재가 사라진 뒤. 그 뒤에 남아 있는 모든 것들.

나는 짐짓 취한 목소리로, 중요한 클라이언트 하나가 호출을 하고 있다고 아내에게 말했다. 술자리로 좀 오라는데. 젠장, 접대가 업무인 직업이라니까. 나는 다소 거친 목소리로 뇌까렸다. 아내는 창밖에 시선을 둔 채 고개를 끄덕였다.

나는 택시에서 내렸다. 비 내리는 거리에 서서, 아내를 태운 택시가 집으로 달려가는 것을 물끄러미 바라보았다. 빗줄기가 조금씩 굵어지고 있었다. 네거리에서 좌회전하는 택시를 확인한 뒤, 나는 길을 건너 다른 택시를 잡았다. 시사회에서 영화를 볼 때부터 직감하고 있었다. A가 정말 결행하려는 모양이구나. 겨우 돈 따위 때문에. 아니, 돈을 핑계로. 더 이상 견뎌 보려 하지 않는구나. 이 세계를.

막아야지. 살아야지. 나는 중얼거렸다. 그녀는 지금 자신을 타르콥스키 영화 속의 주인공과 혼동하고 있는지도 모른다. 촛불을 들고 온천장의 물을 몇 번이고 가로질러 가듯이, 삶과 죽음을 건너가려 하는지도 모른다. 그것은 명백한 착각이다. 과대망상이다. 자신을 말소한다고 해서 세계가 구원되지는 않는다. 그녀도 잘 알고 있지 않은가. 프로작을 쓰게 해야 한다. 우울증 치료제를 써야 한다. 대뇌의 문제를 해결해야 한다.

A에게 몇 개의 상품을 추천한 것은 나였다. 주로 생명 쪽이었다. 그녀가 든 보험은 세 개였지만 서류상으로는 다섯 개였다. 그녀를 피보험인으로 하고 수익자를 나로 해서 가입한 보험이 두 개였기 때문이다. A에게는 말하지 않았다. 나는 무슨 생각을 하고 있었던가. 그녀가 정말 결행할지도 모른다는 것을 나는 직감하고 있었는지도 모른다. 세 개의 서류를 다섯 개로 늘리기는 쉬웠다. 나는 나도 이해할 수 없는 혼돈 속에서 그 서류들을 처리했다.

택시를 타고 A의 집으로 돌아갔을 때, 그녀의 반지하 방에는 불이 꺼져 있었다. 모든 게 그녀의 농담이 아닐까 하는 밑도 끝도 없는 생각이 들었다. 그렇기를. 부디. 이 모든 것이 농담이기를. 나는 바랐다.

차라리 나는 상상했다. 그녀가 나를 반갑게 맞이하며, 아, 왔어? 우리 오랜만에 드라이브나 하러 갈까? 버트 랭카스터와 데버러 커처럼? 비 내리는 동해안으로? 그렇게 말해 주기를.

초인종을 누르고 문을 두드려도 반응이 없었다. 이 밤에 집을 나간 것이다. 뒤를 부탁한다는 문자를 남기고. 모든 것이 점점 명백해지고 있었다.

나는 허겁지겁 공중전화를 찾기 시작했다. 빌라 앞의 작은 놀이터 저편에 공중전화 부스가 보였다. 정글짐과 시소와 철봉과 구름사다리의 저편. 나는 정글짐을, 시소를, 철봉을, 구름사다리를 지나 전화 부스를 향해 달려갔다. 발밑의 모래가 늪처럼 발목을 잡았다. 수화기를 들고, 동전을 넣고, 버튼을 누르는 시간이 물속인 듯 아득하게 느껴졌다. 물속의 시간이 흘러갔다. 차분한 목소리의 남자가 전화를 받았다. 나는 지껄이기 시작했다. 내가 무슨 말을 하고 있는지 정확히 알 수 없었다.

……지금 터널로 가 보시라니까요. 그래요, 거기, 거기. 낡은 터널. 거기, 거기서 사고가 일어났어요. 아니, 일어날 거야. 한 여자가 죽어 있을 거야, 아니, 죽을 거야. 막아 줘, 막아 달라고!

내 목소리가 점점 커졌다. 수화기 저편에서, 아, 네? 정확하게 말씀해 주세요, 거기가 어디라고요? 무슨 터널요? 라고 다급하게 외치는 목소리가 들렸다. 나는 수화기를 거칠게 내려놓았다. 숨을 몰아쉬었다. 부스를 나오려다가 다시 수화기를 들었다. 손잡이 부분에 묻은 지문을 소매로 문질러 지웠다.

미친 듯이 지웠다.

　그 순간, 내 눈에 들어오는 것이 있었다. 빗물이 흘러내리는 전화 부스의 유리 저편이었다. 먼 곳에서 누군가 이쪽으로 걸어오고 있었다. 여자였다. 우산도 쓰지 않은 채였다. 심장이 물건처럼 툭, 떨어지는 느낌이었다. 그것이 안도감이었는지, 단지 놀라움이었는지는 알 수 없었다. 아아, 잘됐다. 잘됐다. 나는 중얼거렸다. 다리에 힘이 빠졌다. 나는 무너지려는 몸을 겨우 추스렸다. 전화 부스 쪽으로 걸어오는 여자는 확실히 A였다.

　나는 최대한 자연스러운 자세로 부스를 나오려다 멈칫, 그 자리에 섰다. 부스 안으로 다시 몸을 감췄다. 반대편에서 그녀를 향해 다가오는 또 한 사람을 발견한 것이다. 한눈에 보기에도 그건…… 최였다.

　저, 저 새끼가 웬일로. 집에는 안 가고.

　나는 열에 들떠 중얼거렸다. 알 수 없는 흥분이 내 몸을 감쌌다. 냉정해야 한다. 냉정해야 한다. 나는 황급히 지점장의 얼굴을 떠올렸다. 지점장이 좋아하던 레이철 야마가타의 노래를 떠올렸다. 그녀의 노래를 떠올렸다. 흥분이 나를 사로잡을 때마다 그랬듯이. 뜨거운 심장을 식히기 위해서.

　만일 숨을 거두는 코끼리들이 모든 걸 기억한 채 떠나야 한다면.

그들이 비명을 지르는 건 당연하다네.

너와 나처럼,

코끼리들에게도 감정이라는 것이 있을 테니까.

나는 비행기에 몸을 싣고 그들의 꿈을 꿔.

그들은 그들의 보금자리를 더럽히고

그들의 뜨거운 머리를 식혀 줄 비의 신호를 기다리지.

비 내리는 밤의 부스 안에서, 나는 가만히 두 사람을 바라보았다. 둘 사이에는 아직 꽤 거리가 있었다. 빗줄기가 시야를 가리고 있었다. 그녀를 향해 걸어오는 게 최인 건 확실했다. 어딘지 긴장한 걸음이었다. 맞은편에서 최가 다가오고 있다는 걸 모르는지, A는 산책이라도 하듯 자연스럽게 걸어오고 있었다. 부스를 가운데 두고 두 사람이 서로를 향해 다가가는 모양새였다. 나는 숨을 죽인 채 그들을 바라보았다. 침묵과 어둠 속에 나를 숨겼다.

인적 없는 거리에서, 내리는 빗속에서, 최와 그녀는 천천히 가까워지고 있었다. 이윽고 최가 그녀를 발견한 것 같았다. 그의 표정에 어색한 웃음이 떠올랐다. 그가 입을 열었다. 안녕, 잘 지냈어? 그렇게 아주 일상적인 인사를 하려는 사람 같았다. 하지만 그의 입에서는 아무런 소리도 나오지 않는 듯했다. 그의 입이 점점 커졌지만, 여전히 목소리는 나오지 않았다. 그의 얼굴이 조금씩 일그러졌다. 안타까운 표정이었다. 말을 하려고 애쓰는 실어증 환자 같았다. 빗소리가 모든 소리를 잡아먹은 것 같기도 했고, 주파수가 맞지 않는 세계에서 외치는 것 같기도 했다.

저 새끼가…… 뭐하는 거야, 대체…….

나는 부스 안에서 멍하니 그 광경을 바라보았다. 마치 희극과 비극이 동시에 상연되는 연극을 관람하는 기분이었다. 무대 위에서 코미디와 비극이 엇갈리고, 관객들은 웃어야 할지 울어야 할지 알 수 없는 상태가 되어 버리는 것이다.

나는 알고 있었다. 최가 아주 오래전부터 그녀에게 빠져 있었다는 것을. 그러면서 한 번도 고백하지 못했다는 것을. 그 이유가 나를 더 화나게 한다는 것을. 내가 그녀의 연인이었기 때문에.

병신 새끼.

나는 그렇게 생각했다. 내가 A와 헤어진 뒤에도 녀석은 그저 멀찍이 떨어져 그녀를 바라보고만 있었다. 녀석의 눈빛만 봐도 알 수 있었다. 열에 들뜬 그 눈빛을. 옆에서 그 꼴을 지켜보면서, 나는 뒤늦게 의아한 생각이 들었다. 혹시 녀석은, 자기가 그녀를 좋아하고 있다는 걸 모르는 게 아닐까. 저 표정은, 사랑에 빠져 있지만 그걸 자각하지 못한 사람의 표정이 아닌가. 나는 전화 부스에서 오래전의 그 의문을 다시 떠올렸다.

이상한 건 A였다. 그녀는 맞은편에서 걸어오는 최를 보지 못한 것 같았다. 시선은 정면을 향하고 있었지만, 다가오고 있는 사람을 보지 못한 표정이었다. 비가 쏟아지고 있었고, 단지 행인이라고 생각했을지도 모른다. 그건 최도 마찬가지였다. 그가 바라보고 있는 곳은 그녀가 아닌 먼 곳인 듯했다. 초점이 맞지 않는 시선이었다.

나는 기묘한 느낌에 사로잡혔다. 하나의 공간에 두 개의 세계가 겹쳐 있다는 생각이 들었다. 마치 서로 다른 세계를 지나가듯이, 그들은 슬로비디오처럼 서로를 지나쳐 갔다. 위도나 경도가 어긋나 있는 두 개의 차원을. 서로가 서로를 발견하지 못한 채로.

비가 내리고 있었다. 자정이었다. 죽어 가는 코끼리에 대한 노래 같은 것은 들려오지 않았다. 최와 그녀는 내가 서 있는 전화 부스를 가운데 두고 엇갈린 채 서로를 지나쳐 걸어갔다. 비틀비틀 취한 걸음으로 걸어가는 남자는 최였다. 그 남자를 지나 정갈한 걸음으로 걸어가는 여자는 A였다. 그들은 서로를 보았으나 보지 못한 사람들 같았다. 아니, 실제로 보지 못했을 것이다. 굵은 빗줄기가 시야를 가리고 있었으니까.

나는 최의 등을 멍하니 바라보았다. 나는 그를 부르지 않았다. 빗줄기 저편으로 멀어져 갈 때까지. 전화 부스를 나와 이번에는 반대편을 바라보았다. A의 등이 보였다. 흔들림이 없는 등이었다. 그녀의 등 저편으로 공원 주차장에 서 있는 빨간색 마티즈가 보였다. 작고 낡은, 그녀의 차였다. 그녀가 차에 올라타고 있었다.

나는 그제야 정신을 차리고 그녀를 향해 달리기 시작했다. 왜 내가 여기 서 있는지를 화들짝 깨달은 사람처럼. 빗줄기가 얼굴을 때렸다.

마티즈에 시동이 걸리고 전조등이 켜졌다. 나는 미친 듯이 그녀를 향해 달려갔다. 누가 보았다면 떠나가는 연인을 껴안으려는 사람 같다고 했을 것이다. 아니, 실은 그건 나 자신의 느낌이기도 했다. 나는 그녀를 붙잡아야 한다. 껴안아야 한다. 동시에 나는 내가 나와 분리되는 듯한 기묘한 느낌을 받았다. 내 영혼이 내게서 빠져나와 달려가는 나 자신을 바라보는 기분. 이것은 내가 아니다. 이것은 다른 누군가이다. 내 육체를 장악한 누군가이다……

마티즈가 막 움직이기 직전, 나는 덮치듯 달려들어 운전석 유리창을 두드렸다. 세차게 두드렸다. 차창 안에서 A가 나를 바라보고 있었다.

차창이 스르르 내려갔다. 비에 젖은 내 얼굴을 올려다보는 그녀의 표정은 평화로웠다. 이 시간에 웬일이냐는 표정이었다. 집에 안 가고 왜? 뭘 두고 간 모양이지? 라고 물어보는 표정.

그녀는 가만히 나를 바라보고 있었다. 굵어진 빗줄기가 내 얼굴을 때렸다. 나는 소리쳤다. 온 힘을 다해서, 안타까움으로, 나는 소리쳤다. 내 입에서 커다란 외침이 터져 나왔다. 하지만 그건 내가 생각한 것과는 전혀 다른, 엉뚱한 외침이었다. 마치 개구리들이 입에서 튀어나오는 듯했다.

죽어! 죽어 버려!

세차게 내리던 빗소리가 사라졌다. 적막이 나를 감쌌다. 나는 내 입에서 나온 문장이 무슨 뜻인지 이해하지 못했다. 이게 무슨 말인가? 내가 지금 뭐라고 소리친 것인가? 그녀는 물끄러미 나를, 내 입을 바라보았다. 나는 다시 입을 열었다. 뭐하는 짓이냐고, 미쳤느냐고, 정말 죽으려고 하느냐고, 나는 소리쳤다. 하지만 내 입은 다시 징그러운 개구리들을 뱉어 냈을 뿐이었다.

죽어 버리라고! 죽어! 죽어!

나는 내 목소리를 똑똑히 들었다. 목소리는 허공으로 퍼져 나갔다가 천천히 내 두 귀로 돌아와 스며들었다. 그 목소리는 고막을 거쳐 달팽이관을 지나 대뇌에 전달되었다. 명백하게 나의 목소리였다. 나는 그 문장의 의미를 해독했다.

그녀가 내 얼굴을 물끄러미 바라보았다. 변화가 없는 표정이었다. 다리에서부터 힘이 풀렸다. 나는 그 자리에 주저앉았다. 손을 벌려 내 입을 막았다. 목구멍에서 튀어나오는 괴물을 스스로 막아야 하는 사람처럼, 나는 내 입에서 솟아 나오려는 미끌미끌한 말들을 간신히 억눌렀다. 마티즈의 차창이 스르르 닫혔다.

비가 오니까…… 오늘은 좋은 날이야.

그녀의 목소리였다. 다정한 목소리였다. 그것은 어디 다른 세계에서인 듯 들려왔다. 그렇다. 비가 쏟아지니까…… 사라지기에 좋은 날이다…… 심야의 낡은 터널에서 차가 전복되기에 좋은 날이다…… 불붙은 차 안에서 고요히 죽어 가기에도 좋은 날이다…… 그걸 그녀에게 가르쳐 준 건 나였다. 봄날 같은 그 겨울의 오후, 화사한 명동 거리를 거닐며 그녀에게 그런 이야기를 해 준 것은 나 자신이었다.

내가 몸을 일으켰을 때 마티즈는 이미 사라지고 없었다. 고개를 들어 하늘을 바라보았다. 무언가가 내 얼굴을 때렸다. 빗방울들이 아니라…… 개구리들이었다. 커다란 개구리들이 하늘에서 쏟아지고 있었다. 죽은 개구리들이 쏟아지는 하늘.

어느 영화에선가 그런 하늘을 본 적이 있다. 그렇구나. 나는 중얼거렸다. 이런 하늘이었구나. 나는 개구리들을 온몸으로 받으며 그 자리에 오래 서 있었다.

"바다네, 저기."

조수석의 아내가 전방을 가리켰다. 아내의 손끝이 가리키는 곳에 무언가 반짝이고 있었다.

과연, 바다였다.

희끄무레한 어둠 속에서 점점이 빛의 물결이 보였다.

"국도변에 웬 바다지?"

뒷자리의 최가 중얼거리듯 말했다. 내가 입을 열었다.

"국도변이 아니라…… 국도 끝이야. 길 끝에는 바다가 있게 마련이지."

최가 튕기듯 질문을 던졌다.

"K시가 아니고?"

"……어디선가 길을 잘못 든 모양인데. 다시 돌아가다가 갈림길에서 찾아봐야지."

그런 대화가 오가는 동안, 멍하니 어두운 바다 쪽을 바라보던 아내가 말했다.

"모래사장인데…… 저기."

정말 모래 해변이 보였다. 길이 끝나는 곳, 어둠에 잠긴 해변 쪽으로 나는 천천히 핸들을 돌렸다. 서서히 전진하던 인피니티가 아스팔트를 벗어났다. 앞바퀴가 모래 속으로 들어갔다. 바퀴가 헛돌았다. 나는 차를 멈추고 핸드브레이크를 올렸다. 가만히 앉아 있었다. 차가 점점 모래 속으로 스며드는 느낌이었다. 그것도 나쁘지 않지. 왠지 그런 생각이 들었다.

차 문을 열자 바닷바람이 밀려들었다. 갯내음이 바람에 섞여 있었다. 차에서 내려 오른팔을 문에 올린 채 어둠에 잠긴 바다를 바라보았다. 최 역시 차에서 내리더니 한껏 기지개를 켰다. 나는 담배 한 대를 입에 물었다. 연기를 깊이 빨아들인 뒤 새벽의 공기 속으로 뿜어냈다.

"아직도 담배 피우냐?"

최가 내 쪽을 돌아보며 말했다. 나는 대답 없이 바다 쪽으로 걸어갔다. 밤의 잔물결이 뭍으로 올라왔다가 멀어지기를 반복하고 있었다. 파도가 구두 끝에 닿는 곳에 멈추어 섰다. 나는 바지 지퍼를 내렸다. 담배를 꼬나문 채 밤바다를 향해 성기를 꺼내 들었다. 긴 오줌발이 바닷물에 점점이 떨어졌다.

성기를 탈탈 털고 있을 때 옆자리에 최가 와서 섰다. 최 역시 지퍼를 내리고 바다를 향해 오줌을 눴다. 나는 최의 성기를 흘끗 쳐다보면서 내뱉었다. 담배를 문 채였다.

"병신."

입에 문 담배 때문에 발음이 샜다.

"뭐?"

최가 물었다. 나는 담배를 한 손으로 빼 들고 다시 입을 열었다.

"병신이라고."

"누가?"

최가 내 쪽으로 고개를 돌렸다.

"너지, 누구긴."

"뭔 소리냐? 싱겁게."

나는 침묵했다. 최가 화제를 돌렸다. 뜻밖의 문장이 최의 입에서 튀어나왔다.

"누가 신고한 거지?"

내가 되물었다. 다소 신경질적인 목소리가 튀어나왔다.

"뭐? 그게 중요하냐?"

최는 침묵했다. 바지 지퍼를 올리면서 나는 밤바다의 보이지 않는 수평선 쪽을 바라보았다. 깊은 새벽인데도 어슴푸레하게 바다의 끝이 보이는 듯했다. 착시일 것이었다. 최가 중얼거렸다.

"서해인가."

"서해지."

내가 최의 말을 받아 중얼거렸다.

"낯선데."

최가 말했다.

"뭐가."

"바다가."

"바다가 뭐."

"낯설다고."

최의 말에 내가 짐짓 부인하듯 말했다.

"멀, 언제 와 본 것 같은 기분인데."

최가 입을 열었다.

"웃긴다. 낯선 곳에 왔는데도 모든 게 다 비슷해."

어디서 들어 본 문장이었다. 누구에게였던가? 어떤 영화에서였던가? 사실이었다. 언제부터인가, 처음 가 본 곳도 몇 번와 본 듯한 느낌이었다. 기시감은 도처에서 느껴졌다. 오늘의생활이 어제와 같고, 처음 보는 사람을 만나도 언젠가 만났던사람이라는 느낌이 들었다. 여행을 해도 마찬가지였다. 언젠가 이미 지나온 시간, 언젠가 지나가 본 적이 있는 공간이었다. 내가 최의 말을 비틀어 말했다.

"언젠가 와 본 것 같은데…… 낯설구나, 이 바다는."

이번에는 최도 대답하지 않았다. 대신 "춥다."고 중얼거리면서 몸을 돌렸다. 앞서서 차로 돌아가는 최의 등판을 물끄러미 바라보았다. 문득 최에게 미안하다고 말하고 싶은 생각이들었다.

미안해.

나는 그렇게 말했다고 생각했다. 대신 내 입에서 작은 개구리 한 마리가 튀어나왔다.

에이, 씨팔.

내 말을 들었는지 못 들었는지 최는 차 안으로 사라졌다.

개구리인가, 바닷가에서도.

나는 혼자 중얼거리며 걸음을 옮겼다. 인피니티의 한쪽 바퀴가 모래에 잠겨 있었다.

노킹 온 헤븐스 도어

최崔

비가 내리고 있었다. A의 집을 나와 모두 뿔뿔이 흩어진 뒤였다. 나는 혼자 우산을 쓰고 비틀비틀 걸었다. 나는 취해 있었다. 그녀의 영화가 내게 준 느낌에 사로잡혀 있었는지도 모른다. 어둠과 같은, 이상한 모양의, 붉고 깊은, 사랑하는 이의 얼굴에서 발견한 낯선 표정과 같은, 그 느낌에.

우산이 만들어 낸 공간이 답답하게 느껴졌다. 우산을 길가 전봇대 아래로 던졌다. 뒤집힌 우산이 잠시 솟구쳤다가 전봇대에 부딪힌 뒤 정지했다. 우산은 뒤집힌 채 빗줄기를 맞고 있었다. 곧 물이 차오를 것이다. 나는 하늘을 올려다보며 심호흡을 했다. 빗방울들이 이마를 때렸다. 목과 어깨가 젖어들었다. 빗방울에는 뒷면이 없다는 엉뚱한 생각이 들었다. 인생도 그렇다. 이 세계 역시.

나는 곧 현직 국회의원의 보좌관 일을 시작할 계획이었다. 실은 보좌관이 아니라 6급 비서직이었지만 일반인들이 보기에는 그게 그거다. 집권당 소속이면서도 개혁 성향을 가진 의원이었다. 내가 원한 것은 아니다. 단지 줄이 닿았을 뿐이다. 나는 그저 내게 드리워진 그 줄을 잡았을 뿐이다. 오래 생각한 뒤였다. 익숙한 결론이 기다리고 있었다. 시스템 바깥에서 이상을 좇기에는 인생이 너무 짧다. 지금 중요한 것은 추상적인 변혁의 열정이 아니라 법인세 인상과 거대 기업 규제다. 혁명은 광고 카피로 전락했다. 체 게바라는 티셔츠에 쓰이는 낭만적 도안일 뿐이다. 사랑도 명예도 이름도 남김 없이 한평생 나가자던 뜨거운 맹세만으로는, 아무것도 할 수 없다. 지금 당장 죽어 가는 사람들을 위해 필요한 일을 해야 한다. 무능력한 야당은 처음부터 별 의미가 없지 않은가. 여당에 들어가서 보수파를 설득하는 것, 호랑이 굴에 들어가서 호랑이를 대면하는 것, 그것으로 실제적인 변화를 만들어 내는 것, 그게 진정으로 다수를 위한 길이다…….

내 머릿속에서 한번 굳어진 생각은 금방 확신으로 변했다. 확신은 끊임없이 또 다른 확신을 낳았다. 다른 사람의 견해 같은 것은 귀에 들어오지 않았다.

하지만 이상하게도 그녀만은 자꾸 머릿속에 떠올랐다. 그녀의 목소리가 필요하다는 생각이 들었다. 다른 세계에서 들려오는 듯한 그 목소리가 필요했다. 낯설고 벗어날 수 없는 목소리가, 영원히 해독되지 않으면서 영원히 사라지지 않는 문장이, 나에게 필요했다. 나를 사로잡아 내 모든 것을 되비추는 문장이…….

나는 걸음을 멈췄다. 결연하게 몸을 돌렸다. 왔던 길을 되돌아갔다. 발끝에서 빗방울이 튀었다. 버려진 우산을 지나갔다. 우산 속에 물이 고여들고 있었다. 멀리 그녀가 사는 빌라가 보였다. 그녀의 반지하 방이 점점 가까워지고 있을 때, 유리창을 환하게 밝히고 있던 불이 툭, 꺼졌다. 벌써 자려는 것일까? 잠자리에 들려는 사람을 불러낼 수는 없잖은가? 그냥 돌아가는 게 좋지 않을까? 그녀를 만나서 무슨 말을 할 것인가? 나는 대체 무엇을 확인하려는 걸까? 그런 의문들이 머릿속에 떠올랐다.

그때 누군가 빌라를 나오는 것이 보였다. A였다. 아직 겨울의 끝자락이었다. 비가 쏟아지고 있었다. 그녀는 봄날을 연상시키는 가벼운 하프 코트를 입고 집을 나서고 있었다. 손에 든 것은 아무것도 없었다.

A구나.

나는 중얼거렸다.

저것은 A다.

나는 자신에게 확인하듯 다시 중얼거렸다. 나는 멍하니 서서 그녀가 빌라를 나와 공원 쪽으로 걸어가는 것을 바라보았다. 그녀는 우산을 쓰고 공원 저편의 주차장 쪽으로 걷고 있었다. 나는 이를 앙다물었다. 누가 보았다면 대단한 결심이라도 한 것처럼 보였을 것이다. 가로등과 가로수가 만든 희미한 빛과 어둠을 지나서, 나는 빠른 걸음으로 공원의 맞은편 쪽으로 걸어갔다. 그녀와 마주칠 수 있는 길이었다. 빗줄기가 빛과 어둠을 가르며 쏟아지고 있었다. 빗방울들에 희미한 빛이 난반사되고 있었다.

맞은편에서 걸어오는 것은 분명 그녀였다. 그저 비 내리는 겨울밤이 좋아서 산책을 나온 사람의 소박한 걸음걸이였다. 무심하고 편안해 보였다. 시선은 약간 아래를 향하고 있었다. 그래서인지 나를 보지 못한 듯했다. 빗줄기가 시야를 가려서이기도 했다.

나는 그녀를 불렀다. 거리가 좀 있었지만 들리지 않을 정도는 아니었다. 그녀는 내가 부른 것을 듣지 못한 듯 무심하게 걸어왔다. 시선은 여전히 아래쪽을 향한 채였다. 나는 조금 더 큰 목소리로 그녀를 불렀다. 역시 내 목소리는 그녀에게 닿지 않은 듯했다. 거리가 더 가까워졌다. 나는 최근 그녀가 매번 나를 발견하지 못하고 지나쳤다는 것을 떠올렸다. 불안이 나를 감쌌다. 나는 그녀의 어깨를 잡으려 손을 뻗었다.

하지만 내 손에는 아무것도 잡히지 않았다. 빗물처럼, 공기처럼, 내 손이 그녀를 통과하는 느낌이었다. 그녀는 나를 지나쳐 걸어갔다.

손을 들어 올린 채로 나 역시 한참을 더 걸어갔다. 걸음을 멈출 수 없었다. 뜨겁게 달구어진 쇠가 심장에 닿은 듯한 느낌이었다. 겨우 걸음을 멈춘 나는 천천히 손을 내렸다. 그리고 뒤를 돌아보았다. 그녀의 작은 등이 보였다. 초점이 맞지 않는 대상처럼, 그녀의 등이 흔들렸다. 빗소리 외에는 정적이 가득했다. 문득 엉뚱한 의문이 떠올랐다. 허공에 흩어진 내 목소리는 어디로 간 것일까? 그 목소리는 그녀의 귀에 닿지 못하고 어디로 사라진 것일까? 그렇게 사라진 목소리들이 모이는 곳은 어디일까?

그녀가 작은 공원에 주차돼 있는 푸른색 아토즈에 오르는 게 먼발치로 보였다. 나는 그 모습을 멍하니 바라보았다. 무력감이 나를 사로잡았다. 나는 발걸음을 떼지 못했다. 그녀에게 말하고 싶은 게 있었는데…… 그녀에게 듣고 싶은 게 있었는데…… 기억이 나지 않았다. 아니, 처음부터 그런 건 없었는지도 모른다. 내게 필요한 것은 그녀의 말이 아니라 나 자신의 확신일 뿐이다…….

그런 생각이 머릿속을 흘러갈 때, 내 시야에 그녀를 향해 달려가는 남자가 들어왔다. 거리가 다소 멀긴 했지만, 그건 분명 남자였다. 가만히 보니, 남자는 김인 듯했다. 나는 빗줄기 너머의 그를 망연히 바라보았다. 그는 막 시동이 걸린 아토즈의 유리창에 달려들었다. 유리창을 내린 그녀와 뭔가 대화를 나누는 듯했다. 곧 남자가 제자리에 풀썩 주저앉는 게 보였다. 그녀의 차가 천천히 움직이기 시작하더니, 순식간에 김에게서 멀어져 갔다. 주저앉은 김의 모습이 흑백사진처럼 보였다. 공원의 정적 속에서 빗줄기가 멈추지 않았다.

차창을 내리자 바다 저편에서 어스름이 걷히는 게 느껴졌다. 태양일까? 아닐 것이다. 아직 어둠이 깊은 시간이니까.

이 바다에는 뭐가 살고 있을까? 나는 무의미한 말을 뇌까렸다. 바다 저편에서 꾸물꾸물 파도가 몰려오는 게 보였다. 아니, 보인 것이 아니라 그렇게 느껴졌을 뿐인지도 모른다.

김이 먼저 차에서 엉거주춤 내렸다. 나도 차 문을 열고 내렸다. 조수석의 정은 창틀에 팔을 얹은 채 물끄러미 바다 쪽을 바라보고 있었다. 밀려오는 바닷바람을 느끼려는 듯 눈을 가만히 감고 있었다. 나는 차에서 내려 두 팔을 벌리고 한껏 기지개를 켰다.

백사장에는 조명 탑들이 가로등처럼 늘어서 있었다. 군부대 시설물인 듯했다. 바다도 어쩌면 전쟁을 위한 시설이 아닐까 하는 생각이 들었다. 주위를 둘러보았다. 해변의 윤곽이 꽤 멀리까지 이어지다가 어둠 속으로 사라졌다. 파도가 밀려왔다 밀려가는 모습이 희미하게 보였다.

"서해지? 이거?"

김이 약간 멍청한 목소리로 주위를 둘러보며 물었다. 내가 대꾸했다.

"운전 니가 하지 않았냐? 우리야 따라왔을 뿐이고."

잠시의 침묵 뒤에 내가 덧붙였다.

"뭐, 서해겠지. K시가 동해에 있는 건 아닐 테니까. 근데…… 서해에 이렇게 넓은 백사장이 있나?"

"있지. 있고말고."

김이 중얼거리듯 말했다.

먼바다 쪽에 캄캄하고 희미한 빛이 잠겨 있었다. 수평선은 보이지 않았다. 먹을 갈아 놓은 듯 검고 불투명한 바다였다.

"여름엔 해수욕장이겠네."

내가 바다 쪽에 시선을 둔 채 하나 마나 한 말을 중얼거렸다. 김이 투덜거렸다.

"내비 고장에 신호도 안 잡히고, 뭐 이러냐."

내가 말했다.

"멀. 좋은데. 바다에. 백사장에."

김은 대꾸하지 않았다. 나는 잠시 침묵하다가 머릿속에 떠오르는 문장을 그대로 입 밖으로 내뱉었다.

"웃기는걸. 낯선 곳에 왔는데도 모든 게 다 비슷해."

그건 「천국보다 낯선」에 나오는 유명한 대사였다. 에디가 윌리에게 한 말이었다. 김은 생각나지 않는 듯 대꾸가 없었다.

차에 앉아 있던 정도 바다 쪽으로 걸어왔다. 모두들 백사장 앞에 엉거주춤 서 있었다. 정이 치마를 무릎께까지 살짝 걷어 올린 채 한 걸음 한 걸음 파도 쪽으로 다가갔다. 김이 그녀의 뒤를 따라갔다. 나도 그들 뒤를 따라갔다. 발밑에서 느껴지는 모래의 느낌이 나쁘지 않았다. 정은 파도가 발끝에 닿을 즈음에 멈추어 서서 가만히 앉아 양팔로 무릎을 감싸 안았다. 그녀 옆으로 가서 우리도 나란히 주저앉았다. 엉덩이에서 차고 축축한 기운이 올라왔다. 바다 쪽에서는 바람조차 불어오지 않았다. 낮고 조용한 파도만이 발치에 와 부딪힐 뿐이었다. 움직이는 것은 아무것도 없었다.

"황량한 바다."

정이 생각났다는 듯 말했다. 내가 입을 열었다.

"이런 바다, 본 적이 있잖아?"

내가 묻고 내가 대답했다.

"……맞다. 「노킹 온 헤븐스 도어」의 마지막 바다."

김이 반대했다.

"말도 안 돼. 그건 낮이고, 이건 캄캄한 밤바다잖아."

내가 수정했다.

"그럼…… 캄캄한 천국의 바다라고 하면 되지."

이번에는 정이 중얼거렸다. 가만히 바다 쪽을 바라보면서였다.

"「섬」이야, 난."

"섬?"

"김기덕."

"나는 「그랑 블루」. 파랗고, 깊잖아."

"……「더 로드」. 최후의 날. 위태로운 길. 고독한 바다."

"아, 그거 별로던데."

김이 대꾸하더니 덧붙였다.

"난 「해저 2만 리」하고 「캐리비안의 해적」."

"안 돼, 그런 건. 이런 바다가 아니니까."

내가 제지하자 김이 항의했다.

"왜 아냐, 그게?"

나는 입을 다물었다. 김이 맥 빠진 목소리로 말했다.

"그래, 그건 아니다."

캄캄한 수평선에서 갯내가 밀려왔다. 바지 주머니에서 휴대전화가 부르르 신호를 보내온 건 그때였다. 문자메시지였다. 나는 화면을 확인했다. 역시 A라는 글자가 새겨져 있었다.

파도가 치는구나.

네 손을 잡았을 때는

내게도 손이 있었는데.

어쩐지 안타깝고 친근한 문장이었다. 문장이 맑은 물처럼
나를 되비추는 것 같았다.

"A한테서 문자가 왔다."

나는 모두에게 들릴 만큼 큰 목소리로 외쳤다. 차로 돌아
가던 김과 정이 나를 돌아보았다.

지상에서 영원으로

정鄭

내가 원하는 것은 거의 완전한 수동성의 삶이다. 자유만큼 인간을 깊이 괴롭히는 것을 나는 알지 못한다. 나는 내 마음속에서 일어나는 어떤 약동을, 어떤 희구를, 어떤 그리움을, 불편해하는 종류의 인간이다. 영혼의 움직임이 거의 제로 지점에 도달하는 순간에 나는 평화를 느낀다. 그것이 가령 키 작은 나무나 조용한 의자의 평화라면, 나는 최선을 다해 그것에 속할 것이다. 그것이 개나 돼지의 평화라고 해도, 나는 그것을 거부하지 않을 것이다.

그 밤, 나는 택시를 탔다. 김과 함께였다. 그는 취해 있었고, 말이 없었다. 창밖의 네온사인들, 네온사인 사이로 내리는 빗줄기, 빗줄기, 빗줄기…… 들을 나는 바라보고 있었다. 신호

등에 걸려 정차해 있는 동안, 김이 휴대전화를 들여다보았다. A의 문자였을 것이다. 남편은 가 볼 곳이 있다며 택시에서 내렸다. 나는 알겠다고…… 조심하라고…… 비가 쏟아지고 있다고…… 말했다.

혼자 택시를 타고 가는데, 심장 부근에서 통증이 시작되었다. 물리적인 통증이었다. 택시 기사가 백미러로 나를 바라보았다. 나는 얼굴 근육을 움직여 미소를 만들었다. 택시 기사가 전방으로 시선을 돌렸다. 화석 같은 미소라고 생각했을 것이다.

택시가 멈춘 곳은 A의 반지하 방이 있는 빌라 근처였다. 집으로 가다가 차를 돌린 것이다. 그녀를 만나야 한다고 생각했다. 이유는 정확하지 않았다. 할 말이 있는 것일까. 물어볼 것이 남아 있나. 아니면 그냥 둘이서 담소를 나누고 싶은 것인지도 모르지, 아니면 뭔가 무서운 이야기를…….

그녀의 방에는 불이 꺼져 있었다. 나는 가만히 캄캄한 유리창을 바라보았다. 잠들어 있을지도 모르고 방에 없을지도 모른다. 아니면 방 한가운데 가만히 앉아 어둠 속을 흐르는 음악의 리듬을 느끼고 있을지도 모른다. 그녀의 몸은 리듬에 자연스럽게 녹아들 것이다. 그녀의 몸은 언제나 음악에 쉽게 반응했다. 그럴 때는 그녀 자체가 하나의 리듬 같았다. 절대음감이 가능하다는 것을 나는 그녀를 통해 처음 이해했다.

나는 빌라의 계단을 내려가 반지하의 철제문 앞에 섰다. 코트 끝에서 빗방울이 떨어졌다. 가만히 손을 내밀어 둥근 손잡이를 잡았다. 알루미늄의 찬 기운이 손바닥을 타고 몸으로 스며들었다. 손잡이는 아무런 저항 없이 돌아갔다. 나는 집 안으로 들어갔다. 반지하의 현관에 발을 들여놓았다. 신발을 벗었다. 희미한 가로등 불빛이 빗소리와 함께 창으로 스며들어 집 안을 가득 적시고 있었다. 발끝에서 무릎으로, 무릎에서 허리께로, 희미한 빛이 물처럼 차오르는 느낌이었다.

방은 깨끗하게 치워져 있었다. 술자리를 벌였던 흔적 같은 것은 남아 있지 않았다. 대신 방 한가운데 이불이 펼쳐져 있었다. 정갈했다. 젖은 어둠과 희미한 가로등 불빛이 만든 그녀의 공간을 앞에 두고, 나는 가만히 서 있었다. 핸드백을 내려놓고 방의 한가운데로 걸어갔다. 그리고 천천히 옷을 벗었다. 코트를 벗고, 스웨터를 벗고, 바지를 벗었다. 속옷만 입은 채 그녀의 이불 위에 그대로 서 있었다. 몸이 물빛에 젖어드는 느낌이었다. 나는 브래지어와 팬티까지 모두 벗었다. 작은 욕실로 들어갔다. 캄캄했다. 스위치를 올리지 않았다. 여자의 몸 하나가 겨우 들어갈 만큼 좁은 욕조가 있었다. 거기에 들어가 엉거주춤 앉았다. 수돗물을 틀었다. 찬물이 발끝에 닿았다. 나는 발가락을 오므렸다. 조금씩 따뜻해진 물이 발목과 무릎에, 엉덩이와 허리에 차올랐다. 어둠 속에서 가만히 몸을 썻었다. 이것은 그녀의 어둠일 것이다. 이 어둠 속에 그녀의 시간이 웅크리고 있을 것이다. 나는 그녀의 시간 속에 몸을 웅크렸다. 팔로 무릎을 감싸 안았다.

얼마나 흐른 것일까. 나는 욕조를 나와 거울을 바라보았다. 타월로 머리카락의 물기를 털어 냈다. 욕실을 나왔다. 여전히 실내에는 빗소리만 스며들고 있을 뿐이었다. 부드럽고 단조로웠다. 그녀가 펴 놓은 이불 속으로 들어갔다. 이불은 한 사람이 눕기에 알맞은 크기였다. 희미한 빛이 들어오는 유리창과 아무런 무늬도 없는 천장이 눈에 들어왔다. 반지하란, 한 사람이 잠들기에 알맞은 깊이라는 생각이 들었다.

눈을 감았다. 깊고 평화로운 잠이 시작되리라는 예감이 들었다. 축축한 공기들이 습기를 잃어 갔다. 나는 영혼의 힘이 빠져나가는 느낌에 잠겨 있었다.

그리고 무슨 꿈을 꾸었는지는 정확히 기억나지 않는다. 단지 그녀가 내 잠 속으로 스며들었던 것은 확실하다. 그녀 역시 알몸이었다. 부드럽다는 생각…… 그런데 아무것도 만져지지 않는다는 생각…… 어렴풋이 나인 것도 같고 그녀인 것도 같은 기분 속에서 그녀를 안았다. 그녀가 나를 안았는지도 모른다. 맨살의 작은 돌기들이 오소소 일어나고 내 안의 물기들이 피부에 젖어들었다. 그녀가 무언가 말했다고 생각하여 응? 하고 되물었던 것 같다. 내가 무언가 말했다고 생각하여 그렇

지? 하고 물어보았던 것 같다. 그녀 역시 응, 아마, 하고 대답
했을 것이다. 어쩌면 긴 대화 끝에 단지 웃음을 지은 것인지
도 모르고, 그저 아주 오랫동안 서로의 몸을 어루만진 것인지
도 모른다.

비가 오니까……
오늘은 좋은 날이야.

꿈속의 그녀가 그렇게 말해서 나는 조금 웃었을 것이다. 하
지만 평화로운 대화라고 생각한 것은 아니다. 조금은 쓸쓸하
고 어쩐지 돌이킬 수 없다는 느낌을 주었다. 나는 꿈속의 입
을 열어 그녀에게 대답했다. 그래, 좋은 날이기를. 길고 오랜
꿈속에서. 그리고 꿈의 바깥까지…….

"바다네."
누군가 그렇게 말한 것은 내가 얕은 잠에 빠져 있을 때였
다. 실은 잠인지 생각인지 구분되지 않았다. 나는 수면에 잠
겨 서서히 가라앉고 있었는데, 누군가의 목소리가 내 겨드랑
이에 손을 넣어 나를 건져 올렸다.
"아, 바다네."
다른 누군가가 말을 받았다. 나는 눈을 뜨고 창밖으로 시

선을 돌렸다. 거기 정말, 바다가 있었다. 밤바다였다. 검은 어둠 속에 빛의 잔물결들이 가볍게 일렁이고 있었다. 뭍에 닿는 파도 소리가 낮게 들려왔다. 김이 네 개의 차창을 모두 내렸다. 찬바람이 갯내음과 함께 몰려들었다. 바다 냄새. 아주 오랫동안 잊고 있던 냄새. 나와 무관하게, 아주 오랫동안, 이 세계 어딘가에 고여 있었던, 그런 냄새. 이제 내 코로 스며들어 가만히 자신을 드러낸 냄새.

나는 시계를 보았다. 4시가 가까워져 있었다. 이미 새벽의 정점이었다. 국도로 들어선 데다 중간에 정차를 했기 때문일 것이다. 김과 최가 차에서 내렸다. 나는 창틀에 팔을 올려 턱을 괸 채 바깥을 바라보았다. 해변에 가로등처럼 조명 탑들이 늘어서 있었다. 불빛들이 가까운 바다를 비추고 있었다. 파도는 낮았고, 잔물결이 치는 소리 외에는 아무것도 들리지 않았다.

"조용하네, 밤바다란."

최가 말했다. 김은 담배를 꺼내 입에 물었다.

"그러고 보니, 이 바다……."

내가 입을 열었다.

"……그 바다구나."

김이 나를 바라보면서 물었다.

"그 바다?"

"응, 그 바다."

"그 바다 뭐."

"그 바다. 천국보다 낯선…… 바다."

내 말을 듣고 최가 중얼거리듯 말했다. 밤바다 저편을 바라
보면서였다.

"아, 그 바다. 하나도 아름답지 않고, 하나도 평화롭지 않
고, 하나도 로맨틱하지 않은……."

내가 덧붙였다.

"인생 같은……."

나는 천천히 차에서 내렸다. 바닷가로 걸어갔다. 발밑에 모
래가 밟혔다. 김과 최는 다른 쪽으로 걸어가서 나란히 섰다.
손을 바지춤에 모으고 있는 걸로 보아 오줌이라도 누는 모양
이었다. 나는 파도 근처에 잠시 서 있다가, 그들과는 반대 방
향으로 천천히 걸어갔다. 파도가 찰랑이는 해안선을 따라서.

이런 장면을 어느 영화에선가 본 것 같았다. 아니, 모든 영
화들에 이런 장면이 있었던 것 같기도 했다. 그 생각은 내게
이상한 편안함을 주었다. 그녀가 나를 떠나지 않았다는 어이
없는 생각까지 들었다. 나는 고개를 들어서, 마치 그녀를 바
라보듯이, 밤하늘을 바라보았다. 가만히 바라보았다. 그녀와
눈이 마주치기를 바라는 마음으로.

휴대전화에서 다시 신호음이 울린 것은 내가 검은 파도에

발목을 담갔을 때였다. 차가운 물이 구두 안으로 스며들어 발목을 휘감고 올라왔다. 얼음처럼 굳어 가는 발목을 느끼며 휴대전화를 확인했다. A로부터 문자메시지가 도착해 있었다. 나는 물을 나와 모래 쪽으로 발걸음을 옮겼다.

이제 신발이 마를 거야.
우리는 곧 도착하자.
거기서 먼 곳을 만나자.
그리고 더 깊은 데까지 걸어 들어가는 거야.

나는 그녀의 문자를 조용히 따라 읽었다. 그녀의 문장이 내 입에서 흘러나왔다. 고개를 들어 먼바다의 보이지 않는 수평선을 바라보았다. 이것은 그녀의 바다라는 엉뚱한 생각이 들었다. 그녀의 밤바다, 곧 태양 앞에 넓은 물결을 드러낼 밤바다…….

나는 구두를 벗고 천천히 모래 위를 걸어 차로 돌아왔다. 모래를 털지 않고 차에 올라탔다. 모래들이 젖은 발을 감싸고 있었다. 김이 시동을 걸었다. 히터가 돌아가기 시작했다. 따뜻한 바람이 얼어붙은 발목에 닿았다. 몇 번 헛바퀴가 돌더니 차가 후진했다. 내비는 여전히 작동하지 않았고, 휴대전화도 신호를 잡지 못하고 있었다.

새벽의 바다를 뒤에 두고, 우리는 왔던 길을 되돌아가기 시작했다. 우리의 등 뒤에서 밤바다는 여전히 뭍을 향해 파도를 보낼 것이다. 우리가 이 바다를 잊은 뒤에도, 우리가 이 세계에서 사라진 뒤에도, 바다의 물결은 이곳에서 하나의 세계를 이루고 있을 것이다. 나는 어쩐지 안도감을 느꼈다.

한참을 달리자 먼발치에 건물들이 보였다. 아마도 K시인 것 같았다. 1차선이던 국도를 벗어나 3차선의 시내 도로로 들어섰다. 날이 조금씩 밝아 오고 있었다. 전봇대들, 전선들, 간판들, 신호등들, 불 꺼진 십자가들…… 이 희미하게 보였다. 도로의 표지판을 주의 깊게 살피던 김이 입을 열었다.

"터미널이네."

전방에 작고 허름한 공용 터미널이 보였다. 칠이 벗겨져 시멘트가 드러난 단층 건물이었다. 공용 터미널이라기보다는 시내버스 종점 같은 분위기였다. 회색빛 건물 아래로 버스 몇 대가 서 있는 주차장이 눈에 들어왔다. 최가 말했다.

"염이 와 있을까?"

김은 대답하지 않았다. 차는 속도를 줄이며 공용 터미널 입구로 들어섰다. 고속버스와 시외버스 들이 황량한 주차장에 드문드문 서 있었다. 인적은 거의 보이지 않았다.

터미널 건물 쪽에 붉은 글씨로 '식당'이라고 쓰인 간판이 보였다. 이름도 없이 그저 '식당'이라고 쓰여 있었고, 내부에서 흘러나오는 형광등 불빛은 흐릿했다. 간판과 그 아래의 식당에만 불이 들어와 있을 뿐 터미널과 주변은 새벽빛 속에 잠겨 괴괴했다. 비릿한 공기가 콧속에 스며들었다.

나는 문득 내장 깊은 곳에서 올라오는 식욕을 느꼈다. 국밥이든 우동이든 뜨거운 것이 필요해. 나는 생각했다. 어쩌면 그렇게 중얼거린 것인지도 몰랐다. 김이 차를 주차장 구석에 세웠다. 고속버스 한 대가 외따로 서 있는 곳이었다. 우리는 차에서 내렸다. 주위를 둘러보았다. 인적은 없었다. 주차장을 가로질러 터미널 건물을 향해 걸어가기 시작했다.

커피와 담배

염廉

염은 식당 앞 플라스틱 의자에 앉아 있었다. 등받이도 없
는 간이 의자였다. 염은 종이컵에 담긴 자판기 커피를 홀짝이
는 중이었다. 빛이 번지는 새벽하늘에 시선을 둔 채였다. 희끄
무레하게 떠 있는 낮은 구름이 보였다. 구름 아래로 멀리 낮
은 산이 보였다. 시선을 낮추자 터미널의 작은 공터이자 주차
장이 시야에 들어왔다. 소도시의 공용 터미널은 규모가 작고
허름했다. 아직 지자체의 예산이 닿지 않은 모양이었다. 첫차
가 출발하기에는 이른 시간이었기 때문에 오가는 사람도 보
이지 않았다. 염의 등 뒤로 보이는 식당 안에는 손님이 없었
다. 방금 주방에서 나온 늙은 주인 여자가 의자에 앉아 멍하
니 텔레비전에 시선을 두고 있을 뿐이었다. 인기척을 느낀 염

이 문득 주인 여자를 돌아보고는 다시 주차장 쪽으로 시선을 돌렸다.

잠도 없나.

염은 그렇게 뇌까리며 담배를 꺼내 물었다. 그는 물이 빠진 등산복 바지에 청색 파카를 입고 있었다. 청색이라는 건 예전에 그렇지 않았을까 하는 것이고, 실은 거의 회색에 가까웠다. 염은 머리에 둥근 챙이 달린 갈색 벙거지를 쓰고 있었는데, 행색으로만 본다면 누구라도 등산객이라기보다 노숙자라고 생각할 게 틀림없었다. 염 자신도 그걸 잘 알고 있었다.

염은 파카 주머니에서 휴대전화를 꺼내 김에게 전화를 걸었다. 신호는 가는데 응답이 없었다. 제시간에 출발했으면 늦어도 30~40분 전에는 그를 픽업했어야 했다.

어떻게 된 거야.

그렇게 뇌까리면서 이번에는 최에게 전화를 걸었다. 역시 받지 않았다. 정에게 전화를 걸었다. 역시 아무런 응답이 없었다.

쌍. 빼놓고 가려고 작당을 한 건가.

엊그제 A의 영화를 보고 난 뒤 술자리에서 약간의 행패를 부리긴 했다. 하지만 그렇다고 사람을 이렇게 놀릴 수는 없다고 그는 생각했다. 저녁 무렵 김과 통화할 때, K시 공용 터미널에서 기다리겠다고 분명히 말하지 않았던가. 알았다고, 느굿하게 기다리고 있으라고, 김 역시 분명히 대답하지 않았던가. 아무리 그래도 그렇지. 느긋해도 말이지. 게다가 이 깊은 새벽에 말이야. 친구를 말이야. 염은 중얼거렸다. 그는 생각을 입 밖으로 내뱉는 데 익숙했다.

염이 고속버스 편으로 터미널에 도착한 건 벌써 한 시간 반 전이었다. 버스에서 내리자 배가 출출했다. 늦은 시간이라 아마 면 종류밖에 안 되겠지. 뭐 우동도 좋고 라면도 좋지만, 운이 좋으면 순두부 백반이라도. 염은 혀로 입술을 훑으면서 주위를 둘러보았다. 기다리면서 배를 채울 요량이었다. 그와 함께 내린 승객은 예닐곱밖에 되지 않았다. 승객들은 주차장을 가로질러 터미널 밖으로 흩어져 갔다.

아직 시골 역사 티를 벗지 못한 공용 터미널이 염의 눈앞에 멀뚱히 서 있었다. 불을 밝히고 있는 건 '식당'이라고 쓰인 간판뿐이었다. 간판의 낡은 형광등이 꺼졌다 켜졌다를 반복하고 있었다. 그리로 발을 옮기는 순간, 염은 멀쑥한 차림의 동년배 남자와 어깨를 부딪쳤다. 어디론가 서둘러 달려가던 남자가 염의 어깨를 툭 치고 지나간 것이다.

이런 씨팔놈이, 눈은 장식으로 달고 다니나.

달려가는 남자의 등을 향해 염은 반사적으로 욕설을 퍼부었다. 언제부터인지 몸에 밴 본능적인 반응이었다. 달려가던 남자가 멈칫하더니 뒤돌아섰다.

왜, 붙어 보려고? 심야에 한 판?

염은 그렇게 생각하면서 주먹을 불끈 쥐었다. 남자는 멀거니 염을 바라보았다. 터미널의 흐린 조명 탓에 또렷이 보이지는 않았지만, 그 얼굴에는 특별한 표정이 없는 듯했다. 불쾌해하거나 미안해하는 기색도 없었다. 그저 얼굴이기 때문에 거기 있다는 식이었다. 남자는 가만히 염을 바라보다가, 몸을 돌려 천천히 가던 길을 걸어갔다. 뛰지도 않고, 무슨 일이 있었냐는 듯 태연한 걸음이었다. 남자의 뒷모습이 캄캄한 물속으로 잠겨 가는 것처럼 보였다.

한판 붙어 볼까 했더니, 아쉽네.

염은 주먹을 풀며 입맛을 다셨다. 에이, 일단 화장실에 가서 물이나 빼고, 배를 채우고, 담배부터 한 대 피워야겠다. 그는 그렇게 중얼거렸다.

화장실 옆 가판대에서는 음악이 들리지 않았다. 누가 사나 싶은 뽕짝 메들리 테이프들, 등산용 모자와 장갑, 조악한 장난감들, 러시아제 망원경 같은 것들이 자물쇠가 채워진 유리 진열대 안을 메우고 있었다. 불을 밝히고 있는 식당 안에서 심야 뉴스 소리가 흘러나왔다. 뉴스는 공용 주차장으로 쓰는 공터 쪽으로 흩어져 갔다. 화장실에서 나온 염은 손의 물기를 바지에 문지르며 식당으로 들어갔다.

노파 하나가 의자에 앉아 턱을 무릎으로 받친 채 꾸벅꾸

벅 졸고 있었다. 쪼그라들 대로 쪼그라든 몸피에 검버섯이 얼굴에 점점이 박혀 있었다. 염은 노파의 어깨를 흔들어 우동을 주문했다. 잠이 덜 깬 듯 염을 물끄러미 쳐다보는 노파에게 "할머니, 우동."이라고 짧게 말했다. 노파는 대꾸도 없이 느릿느릿 주방으로 들어가더니, 한참 만에 우동 그릇을 내와 탁자 위에 올려놓았다. 염은 김이 올라오는 그릇을 물끄러미 내려다보았다. 김치도 없고 단무지도 없었다. 그런 염과 우동 그릇을 번갈아 바라보더니, 그제야 노파는 다시 주방으로 들어가 총각김치를 내왔다. 그리고 의자에 앉아 예의 그 턱을 괸 자세로 돌아갔다.

말하자면 인생은 이런 자세로 흘러가는 것이다, 너는 그걸 알고 있느냐, 그런 느낌이었다. 나이가 든다는 게 뭔지, 참. 염은 그렇게 중얼거리면서 우동 그릇을 들어 입에 털어 넣었다. 뜻밖에 국물에는 깊은 맛이 배어 있었다. 뜨겁고 향기로웠다. 면발은 갓 헹군 듯 쫄깃했다. 총각김치 역시 신선하고 달았다. 염은 졸고 있는 노파를 한번 바라보고는, 다시 우동 그릇에 코를 박았다.

국물까지 다 비운 뒤 염은 식당 앞의 플라스틱 간이 의자에 앉았다. 자판기 커피가 손에 들려 있었다. 배가 따뜻하니 나른한 기분이 몰려왔다. 그는 다리를 꼬고 적막한 새벽의 터미널 광장을 바라보았다. 밤공기와 새벽빛이 천천히 뒤섞이고 있었다. 염은 가벼운 피로를 느꼈다.

염의 등 뒤, 식당 안쪽에서 케이블TV의 심야 뉴스가 흘러 나오고 있었다. 상기된 얼굴의 캐스터가 고속도로에서 발생한 사건 사고 소식을 전하는 중이었다. 「대한늬우스」에나 나올 법한 과장된 어조였다. 미끄러운 도로 사정 탓에 네 건의 추돌 사고가 있었으며, 그중 두 건은 사망 사고였다고 캐스터는 전했다. 호남고속도로 논산 분기점 하행선 방면 3킬로미터 지점에서 승용차가 미끄러지면서 삼중 추돌 사고가 났으며, 이 사고로 승용차에 타고 있던 세 명의 남녀가 숨졌다는 것이었다. 이들은 사망한 친구의 조문을 가던 중 사고를 당한 것으로 보인다는 캐스터의 멘트가 이어졌다.

노파는 같은 자세로 잠들어 있었고, 염은 새벽의 하늘빛에 시선을 두고 있었다. 소형 텔레비전에서 흘러나온 심야 뉴스에 관심을 갖는 사람은 아무도 없었다. 그랬기 때문에, 캐스터가 문득 말을 멈추고 얼굴을 일그러뜨리더니, "아마도 친구가 데려간 모양이군요."라고 덧붙인 말을 들은 사람은 아무도 없었다. 염 역시 마찬가지였다.

염은 종이컵에 담긴 커피를 한 모금 마신 뒤에, 담배 연기를 깊숙이 들이마셨다가 내뿜었다. 연기가 공기 중에서 빠르게 사라져 갔다. 새벽 공기가 신선하다는 사실을 염은 새삼스럽게 깨달았다. 종이컵을 발치에 내려놓고, 염은 기지개를 켜

듯 팔을 벌려 숨을 깊이 들이쉬었다.

인생 별거 있어?

그는 팔을 벌린 채 아직 캄캄한 기운이 떠돌고 있는 새벽 하늘을 바라보았다. 문득 염의 머릿속에 엉뚱한 생각이 지나갔다. 저 무수한 별들이 우리의 운명을 지배한다면 좋을 텐데. 별들에게 무슨 악의가 있지는 않을 테니까.

그런 생각은 염으로서는 다소 낯선 것이었기 때문에, 멋쩍은 미소가 그의 얼굴에 번져 갔다. 동시에 그의 입에서는 다시 담배 연기가 길게 뿜어져 나왔다. 흩어지는 연기 속에서, 그의 마음은 인생에 대해 한없이 호의적인 느낌으로 가득 찼다.

승용차 불빛 하나가 공용 터미널 주차장으로 진입한 것은 염이 그런 기분에 빠져 있을 때였다. 터미널의 시계가 새벽 4시를 넘긴 시각이었다. 주차장에는 예닐곱 대의 대형 버스 외에는 인적조차 없었다. 승용차는 터미널을 탐문이라도 하듯 크게 원을 그리다가 천천히 한쪽 구석의 주차 라인으로 들어섰다. 주차 라인에 정확하게 맞추어 정지한 차량은 몸을 떨듯 부르르 소리를 냈다. 이윽고 엔진이 꺼졌다.

염은 담배 연기를 내뿜으며 하늘을 올려다보다가, 천천히 주차장 쪽으로 시선을 돌렸다. 하지만 염의 눈에는 지금 막 주차장에 도착해서 시동을 끈 승용차가 보이지 않는 듯했다.

염은 다시 한 번 혼잣말을 뇌까렸다.

씨팔, 정말 안 올 모양이군.

그 순간 염의 뇌리에 문득 떠오르는 것이 있었다. A의 영화였다. 제목이 「천국보다 낯선」이었던가…… 염은 중얼거렸다. 그건 일종의 로드 무비였다. 염은 로드 무비를 좋아했다. 「모터사이클 다이어리」에서 고물 오토바이를 타고 모래언덕을 넘어 질주하는 체 게바라를 좋아한 적도 있었다. 지평선까지 뻗어 있는 국도를 바라보며 「아이다호」의 리버 피닉스가 이렇게 중얼거리는 장면도 오래 기억하고 있었다.

나는 길의 감식가. 평생 길을 맛볼 것이다.

대학 시절에 염은 그 구절을 도화지에 써서 책상 앞에 붙여 놓기까지 했다. 리버 피닉스가 죽은 뒤에는 그의 동생 호아킨 피닉스를 좋아했을 정도였다.

하지만 A의 영화는 그에게 다소 난감한 느낌을 주었다. 실제로 길을 떠난 사람들을 따라가며 찍은 영화였지만 영화라기보다는 다큐에 가까웠다. 영화 속의 인물들은 배우도 아니었고, 시나리오 같은 것이 따로 있는 것 같지도 않았다. 그래서인지 별반 재미는 없었다. 게다가, 길을 찾는 이야기가 아니라 길을 잃는 이야기랄까. 전체적으로 로드 무비 특유의 낭만

적인 감성이 전혀 없었다. 스릴러라든가 추리물 같은 장르 영
화의 긴장감을 기대한 건 아니었지만, 심심하고 지루했다. 염
은 실망스러웠다.

주인공들의 이름은 윌리, 에바, 에디. 짐 자무시의 「천국보
다 낯선」에 나오는 세 주인공 이름을 그대로 따온 것이었다.
그들은 카메라를 바라보며 자기소개를 하고 길을 떠난다. 그
들이 사는 곳은 뉴욕이나 클리블랜드가 아니라 서울 근교의
신도시였다. 그들은 실제로도 그곳에 살고 있다고 했다. 자무
시의 인물들 같은 백수들이 아니라, 각자 직업을 갖고 있는
어엿한 생활인들이었다.

세 주인공은 자무시의 영화에서처럼 자동차를 타고 길을
떠난다. 여행이 아니라는 점이 자무시의 영화와 달랐고, 낮이
아니라 밤이라는 점도 달랐다. 그들은 자살한 친구의 조문을
가는 길이었다. 카메라는 우연히 그들의 여정을 따라가게 되
었다는 듯 무심하게 동행을 시작한다.

영화 속에서 그들은 긴 터널을 지나게 되는데, 롱 테이크
로 이어지는 이 시퀀스가 특히 지루했다. 관객들이 바라보기
를 포기할 때까지 그냥 따라가겠다는 투였다. 인물들은 말없
이 차창 밖을 바라보고 있었고, 차창 밖에는 그냥 터널 내부
의 풍경이 보였다. 카메라는 차창 밖을 지나는 터널 내부를
보여 주다가 인물들의 건조한 표정을 보여 주다가…… 그럴

뿐이었다. 그 긴 시퀀스가 영화의 3분의 1은 차지하는 느낌이었다.

터널을 나온 뒤에도 화면의 대부분은 도로변의 풍경으로 채워져 있었다. 도로 위에서 휙휙 지나가는 백색 차선들과 어둠 속의 나무들과 검은 밤하늘과 음침한 산 그림자, 그리고 간혹 스쳐 가는 작은 도시들…… 그런 이미지들의 연쇄가 영화의 전부였다. 차를 타고 가는 그들의 모습을 보여 주는 것 자체가 목적인 것처럼 보일 정도였다.

전체를 핸드 헬드로 찍은 탓에 화면이 내내 인물들과 함께 흔들렸다. 인물들은 몇 마디 대화를 나눈 것 외에는 끈질기게 창밖만 바라보고 있었다. 카메라는 침묵만을 찍으려고 결심한 듯했다. 밤의 국도, 전조등 불빛에 드러나는 아스팔트, 앞으로 나아가고 있음을 알려 주는 차선들…… 그게 전부인, 말하자면 영화라고 할 수 없는, 그런 영화.

그날 밤 염은 그녀에게 영화가 좀 아쉽다고 평했다. 겨우 죽은 친구를 찾아가는 친구들 이야기라니, 시시하지 않으냐고 말했다. 그녀는 그냥 웃었을 뿐 별다른 반응을 보이지 않았다. 염은 소주잔을 비운 뒤 덧붙였다.

좀 답답해. 바깥이 없는 느낌이야.

그녀는 염을 무심한 눈길로 바라보았다. 그 눈길이 하도 깊고 이상해서, 염은 자신도 모르게 자기 말을 취소했다.

아니, 하긴 뭐, 세상에 바깥 같은 게 있나? 우리가 안에도 있고 바깥에도 있는 거지. 그냥 느낌이 그렇다는 거야.

염은 그렇게 말했는데, 그 말은 그녀에게 한 것이 아니라 자기 자신에게 한 말 같기도 했다. A는 조용히 미소를 지을 뿐이었다. 염이 기억하는 그녀의 마지막 표정이었다.

인생은 알 수 없는 것이라고 염은 생각했다. 자신이 홈리스 노릇을 하게 될 줄은 꿈에도 몰랐던 것과 마찬가지로. 염은 하늘을 바라보았다. 새벽 구름들이 이국의 하늘인 것처럼 낯설게 움직이고 있었다. 구름들 사이로 맑은 별들이 반짝였다.

그때 다시 엉뚱한 생각이 염의 뇌리에 떠올랐다. A가…… 죽은 게 아닐지도 몰라. 그런 생각이었다. 그녀는 이제 겨우 삶을 시작한 게 아닐까. 그런 생각이 뒤따라왔다. 그는 방금 떠오른 두 개의 문장을 순서대로 천천히 발음해 보았다.

A가…… 죽은 게 아닐지도 몰라. 그 애는 이제 겨우 삶을 시작한 게 아닐까.

생각은 입 밖으로 나와 목소리가 되었다. 목소리는 뜻을 만들고 뜻은 생각이 되었다. 그리고 그것은 천천히 확신으로 변했다. 죽음 쪽에 남아 있는 건 그녀가 아니라, 오히려 우리가 아닐까. A는 단지 영화의 프레임 밖으로 나간 게 아닐까. 프레임 안에 있는 것은 우리가 아닐까.

염은 뭔가 답답한 감정이 차오르는 것을 느꼈다. 프레임을 다 부숴 버리고, 신선한 공기를 마시고 싶은 생각이 들었다. 그녀가 저 밖에서 이 세계를 물끄러미 바라보고 있다고 생각하니, 그녀가 부러워지기까지 했다. 염은 자리에서 일어나 다시 새 담배를 꺼내 물었다.

이 세상을 만든 새끼는 대체 누굴까? 도대체 대가리에 생각이 있는 놈인지 아닌지 알 수가 없어.

염은 중얼거렸다. 커피를 들어 바닥까지 비웠다. 식은 커피는 지나치게 달았다. 단맛에 한약처럼 쓴맛이 뒤섞여 있었다.

정말 면상을 보고 싶다니까. 만나면 멱살을 잡아 패대기라도 쳐 줄 텐데.

염이 그렇게 중얼거리고 있을 때, 승용차에서 내린 세 사람이 터미널 광장을 가로질러 걸어오고 있었다. 남자가 둘, 여자가 하나였다. 남자 하나는 담배를 입에 문 채였다. 그들은 다소 지친 걸음으로 '식당'이라고 쓰인 곳을 향해 걸어오는 중이었다. 그들을 보았는지 못 보았는지, 염이 담배 연기를 내뿜으며 기지개를 켰다. 양팔을 펴고 고개를 한껏 들어 하늘을 올려다보았다. 그러자 그를 향해 걸어오던 두 남자와 한 여자 역시 걸음을 멈추었다. 무슨 신호라도 받은 듯, 그들 역시 천천히 고개를 들어 터미널 상공의 새벽하늘을 바라보았다. 그곳의 누군가와 시선을 맞추기라도 하는 것 같았다.

그 순간 그들을 비추고 있던 카메라가 천천히 새벽의 허공을 향해 솟아올랐다. 그것은 일종의 크레인 숏이 되었다. 광장의 간이 의자에 앉아 있는 남자는 기지개를 켠 자세로 정지해 있었다. 광장을 가로질러 걸어가는 세 사람 중 한 남자는 담배 연기를 입에 머금고 있었고, 또 다른 남자는 손을 바지 주머니에 넣은 채 고개를 들고 있었다. 그 옆에 서 있는 여자에게는 표정이 없었다. 그들은 모두 새벽빛이 퍼져 가는 하늘 한가운데의 한 점을 바라보고 있었다.

인물들의 시선을 마주 보던 카메라가 조금씩 움직이더니 더 위로 올라갔다. 인물들이 점점 작아졌다. 터미널 건물과 광장이 까마득하게 보였다. 하늘의 한가운데서 카메라가 정지했다. 새벽 별빛이 은은하게 도시에 쏟아져 내리는 시간이었다. 이제 막 깨어나려는 듯 해안 도시의 불빛이 점점이 켜지는 시간이었다. 먼바다 쪽의 수평선에 붉은빛이 희미하게 스며드는,

천국보다 낯선,

그런 시간이었다.

작가의 말

나는 희미하게 시선을 느끼려고 했다.

존재하기보다는

아무래도 존재하지 않으려 하는.

그런데도 자꾸 도착하는.

태양보다는 조금 더

정오의 별빛에 가까운.

우리의 저편이기 때문에 우리에게

속한.

흔들리는 새벽마다

자꾸 돋아나는.

하늘이라고도

내면이라고도 할 수 없는
그런 곳으로부터의.
하나의
시선을.

나는 아무래도 무신론자이며
그것이 우울한 일이라고 생각할 때가 있다.
실은 밤의 도로가 아닌
세상의 모든 곳에서.
전조등이 가닿는
무한한 시간에.

나는 이 소설을
지난해 세상을 뜬 내 선량한 두 친구와 함께 기억하고 싶다.
CK와 HJ라고
그들의 이름을 적어 둔다.
CK는 어눌하고 멀고 깊은 사람이었다.
HJ의 수줍고 불안하고 맑은 미소를 기억한다.
그들은 이제 막 자신만의 문장을 적기 시작할 무렵에
아직 쓰이지 않은 모든 문장들을 지웠다.

다음에는 조금 더
외롭고 뜨거운 곳으로 들어가 보겠다고
중얼거리는 밤이다.
뒤돌아보지 않는 세계를 닮은
그런 문장 속으로.

2013년 12월

이장욱

다른 계절의 원근법

백지은(문학평론가)

좀 이상한 말이지만 나는 이장욱이 '천국보다 낯선'이라는 제목의 소설을 쓸 줄 미리 알았던 것만 같다. 정확히는 '~보다 낯선(stranger than~)'이란 말에 어울리는 세계가 그의 손끝에서 만들어지는 것이 너무나 자연스럽게 느껴졌다고 해야 할까. 굳이 이유를 대자면, 아무도 야구를 하지 않는 야구장에서 날아온 야구공(「변희봉」), 없는 위층에서 누군가 춤추는 소리가 들려오는 방(「이반 멘슈코프의 춤추는 방」), 외국인이면서 외국인이 아니고 가만히 제자리에 있으면서 떠내려가는, 하루오이면서 하루오가 아닌 하루오(「절반 이상의 하루오」), 그런 것들에 대한 이야기를 듣다가 문득 세계의 모든 것이 낯설어지고 스스로 현실의 이방인이 되어 버린 순간을 만난 적이 있기 때문이다. 순간의 정지, 사라짐, 침묵, 사이 등으로부터 문 득 열리는 '낯선' 세계, 잘 알 수도, 명확해질 수도 없는 그 다른 세계에 붙일 이름으로 '천국보다 낯선'만큼 적당한 말이 또 있을까. 동명의 영화를 처음 만났을 때의 충격 이후 내게 '천국보다 낯선'이란 문구는 언제나 이 세계의 '바깥'과도 같은 낯섦을 가리키는 대명사로 모자람이 없었다. 그리고 이장욱 이상으로 이 대명사와 어울리는 한국 작가는 없다고 생각해 왔다.

『천국보다 낯선』이 이장욱의 다른 소설 혹은 시나 평론 등의 다른 문학적 작업과 유사하다는 얘기를 하려는 게 아니다. 우리는 이 세계가 다면적이고 이질적임을, 융합되지 않는 모순들로 들끓고 알 수 없는 모호함으로 붐비는 곳임을 잘 알고 있다고 생각하지만, 실상 매 순간 우리의 심리적·관념적 현실은 얼마나 분명하고도 통합적인지! 이장욱의 소설을 읽으면 바로 그런 생각에 깊이 빠지게 된다. 소설에는 본래 인물들의 내부와 외부에 동시다발적으로 존재하는 여러 개의 시선과 목소리(화자와 작가, 그리고 독자의 그것까지도)가 얽혀 있게 마련이지만, 이장욱의 소설만큼 그것들이 '문학적인' 궤적을 그리는 경우는 흔치 않기 때문일 것이다. 『천국보다 낯선』은 총 열세 개의 장으로 된 이야긴데, 부분과 전체를 동시에 가로지르는 시선들의 흔적을 확인하기 전에는 이 세계의 바깥

과도 같은 낯선 충격에 이르기 어렵다.

POV: 꽃잎, 꽃잎, 꽃잎

이 소설은 세 친구 혹은 네 친구가 A의 장례식장을 찾아가는 하룻밤의 이야기다. 세 사람이 한 차를 타고 가는 여정이 스토리의 중심축인데, 열세 개로 나뉜 각 장은 정, 김, 최, 셋이서 교대로 일인칭 화자로서 서술하고 마지막 장만은 뒤늦게 합류하게 될 염을 삼인칭으로 하는 제3의 화자에게 맡겨진다. 이 소설의 제목이 동명의 영화에서 왔듯 각 장의 제목 역시 모두 영화 제목에서 차용되었으나, 각 장에서 특정 영화의 스토리나 스타일과의 구체적 연관성을 말하기는 어려운 듯하다. 아마도 그 영화들의 여러 측면 — 특히 제목, 분위기, 인상적인 장면, 내용의 상징성 등 — 에서 발산하는 이미지 정도를 취한 것으로 보인다.

각 장에서 일인칭으로 발화하는 인물들은 공통적으로 지난 시절의 A를 생각하고 A와 자기와의 관계를 돌아보며 얼마 전 함께 모여 보았던 A가 만든 영화를 떠올린다. 그러면서 A뿐 아니라 "'시절'이라고밖에 달리 말할 수 없는 시간"(65쪽)을 함께 보낸 나머지 세 친구들에 대한 서술도 자연스럽게 동반된다. 이들은 저마다 자기의 이야기를, 자기 자신과 자기가 보고 생각하고 느끼는 것들을 말하는 중이다. 각 장의 서사는 마치 한 인물의 시점 쇼트(point of view)로 주위를 관찰하고 인물이 표현되는 한 편의 단편영화처럼 "각자의 방식으로", "서로 다른 자세로, 다른 표정으로, 다른 각도로"(10쪽) 정렬되어 있다. 가령 정, 김, 최가 각각 자기 자신(의 세계)에 대해 서술하는 이런 부분들을 보라.

정 나는 내 삶이 어떤 낙관적인 기분 속에서 흘러가기를 희망한다. 내가 속해 있는 세계가 뾰족한 공기를 갖고 있다는 것을 깨달을 때마다, 나는 평행 우주의 다른 세계로 스며들고 싶었다. 그런 우주가 존재하지 않기 때문에, 존재하지 않을 것이라는 비관 때문에, 나는 글을 쓰기 시작했는지도 모른다.

— 17쪽

김 나는 내가 타협적인 인간이라는 걸 알고 있었다. 그런 성격은 수세장에서는 의미가 있지만 길게 보면 강점이 아니다. 인턴 시절부터 테이블 플래너에 붙여 놓은 문장은 이런 것이었다. 투 눔쾀 페리큘럼 사인 페리쿨로 빈세무스(Tu, numquam periculum sine periculo vincemus)! 라틴어로 '그대, 위험 없이는 결코 위험을 정복하지 못하리!'라는 뜻이라고 했다.

──39쪽

최 나는 수학에 대한 동경을 가지고 있지만, 나에게 수학적 재능이 허용되지 않았다는 것은 알고 있다. 다른 차원의 시공간을 상상하고 거기에 숫자와 기호 들을 배치하는 일은 기이하게 느껴지기까지 한다. (……) 하지만 그랬다면 나는 또 문학이라는 그 가련한 뜬구름들을 견디지 못했을 것이다. 세계가 문득 낯설어지고 증명할 수 없는 방식으로 비약하는 시의 세계에 동의할 수 없다는 것.

──49쪽

이 독백적인 어조의 발화들은 자기 자신에 대한 꽤 구체적인 설명이다. 이 말들은 인물-화자의 캐릭터나 관점 혹은 입장, 즉 이들 각자의 시선과 직접적인 관계에 있으나 그들 각자의 전체적인 이미지가 어떤지를, 혹은 사회 속에서 그들의 전형성이 어떤 것인지를, 즉 그들이 '누구'인지를 직접 지시하지는 않는다. 그들이 '누구인가'보다는, 그들이 '자기 자신을 어떻게 의식하는가'를 알려 주는 쪽에 가깝다고 할까? 이 인물들 중에서 누가 주인공인가, 그중 어떤 캐릭터가 이 소설 전체에 응답할 객관적 성격을 맡았는가 등의 관심은 불필요해지고, 이들 모두는 세계와 자기 자신에 대한 독특한 시점(視

點)으로서, 자기 자신과 주변 현실을 해석하고 평가하는 하나의 입장으로서 존재한다. 요컨대 세 화자 혹은 세 인물은 "각각의 방식으로 존중받을 가치가 있"(11쪽)는 주체들로서 '시점화'되어 있다.

하나(씩)의 고유한 시선, 그리고 그 시선으로 점유한 의식들로서 이 인물들이 "정교하게 정렬해 있는 하나의 고요한 세상을 지니고 있"*다고 할 때, 이 소설에서 다루어지는 상황, 사건, 즉 현실의 대상은, 인물들의 성격과 행위를 통해 드러나는 것이 아니라 그들의 '의식' 속에 끌어들여진 형태로 다루어진다고 할 수 있다. 이 의식은 물론 현실의 대상을 파악하고 해석하고 확신하기 위한 것이다. 하나의 의식 혹은 하나의 시선으로서 인물들 각자는 자기에게 주어진 현실을 의심하지 않기 위해 최선을 다하는 중이다. 자기를 단일한 자기로서 의식하고 타자를 의미 있는 실체로 인지하려는 일인칭의 관찰과 의식이 일차적으로 이들 각자의 이야기를 성립시킨다.

---

* 이장욱, 「꽃잎, 꽃잎, 꽃잎」, 『내 잠 속의 모래산』(민음사, 2002), 24쪽.

Cross Cutting: 기하학적 구도

주목되는 점은, 이때 세 인물-화자들의 진술이 하나씩 교체된다는 점, 그리고 이들의 진술이 공통의 시퀀스에 대한 것일 때도 서로 다르고 어긋나 있다는 사실이다. 기억으로서의 과거만이 아니라 현재 K시를 찾아가는 차 안에서의 일들, 가령 함께 들은 음악이나 함께 목격한 사고 현장 등에 대해서도 셋의 진술은 엇갈린다. 소설 속에서 이렇게 화자가 교체됨으로써 얻어지는 효과는 비교적 명백하다. 한 장에서 독자적인 시선의 주체였던 일인칭 인물-화자가 다음 장에서는 바로 삼인칭 인물로 대상화될 때, 그들 각자는 주체로서 주장됨과 동시에 타자로서 관망된다. "그의 시선과 무관하게", "그는 또 수많은 표적을 향해 분할"*될 수 있는 것이다.

그렇다면 주체란 곧 타자화될 수 있는 상태와 다르지 않고, 이들은 모두 타자의 존재성을 인정하지 않을 수 없는 상태에 처한 것과 같다. 무엇보다도, 세계 속의 한 사람이란 언제나 '하나'의 시선에 불과하다는 사실이 부각되고, 어느 한 시점이 자기를 배타적으로 확장하거나 일순간 세계를 자기로 통합함으로써 타자성을 정복해 버리는 유형의 (소설적) 불행

---

* 이장욱, 「기하학적 구도」, 『정오의 희망곡』(문학과지성사, 2006), 98쪽.

은 '이곳'에서 끝내 가당하지 않은 것이다. 이들의 발화는 자기의 의식을 수렴할 때도 타인의 의식을 객체화하지 않는다. 이들이 서로를 반영하고 재생할 때 그중 어느 한 사람이 그 최종적 장면을 소유하게 되지 않기 때문이다. 어떤 의미에서, 타자에 대한 의식이 주체이고, 타자에 대한 반성이 주체이므로, '이곳'은 주체들이 공존하는 공간이라기보다 타자들이 들 끓는 공간이라 할 수 있다.

그런데 '이곳'이라니, 거기가 어디인가? 세 인물-화자들이 처음부터, 타자들이 들끓는 '이곳'에 처해 있던 것은 아닌 듯하다. 엊그제까지도 살아 있던 A의 갑작스러운 부고와 같은 이 비현실적 상황에서도 이들은 자기의 시선에 포착된 세계를 자기 나름으로 감당하려고 애쓰는 중이었다. 크고 작은 난관이 닥칠 때마다 "저 높은 곳의 시선으로 나 자신과 김, 그리고 최의 모습을 바라보는 것"(85쪽)을 상상한다든지, "과거가 현재에 침입한 기분"(100쪽)을 떨쳐 버리려 애쓰거나 "그 모든 얘기들을 헛소문으로 치부"(124쪽)하면서 말이다. 그러나 일기예보와 상반된 날씨, 내비게이션이 잡지 못하는 도로, 죽은 A에게서 날아오는 문자메시지 등 일련의 모순들이 겹치면서 이 여정은 갈수록 기묘하고 불길해진다. 이윽고 이들 모두에게 '이곳'의 입구가 닥쳐오고,

정 그렇다. 이것은 오늘 오후까지 내가 살아가던 세계와 동일한 세계가 아니다. 이것은 지구와 똑같이 생긴 다른 행성의 풍경이다. 무엇보다도…… 저 진눈깨비가 증거 아닌가.

—26쪽

김 다른 세계의 신호 같은, 아니 다른 세계 자체가 이 세계로 쏟아지는 것 같은, 그런 하늘을. 나는 전조등으로 몰려드는 진눈깨비를 바라보며 무의미한 말을 중얼거렸다. 이건 대체 어느 세계의 개구리들이냐.

—93쪽

최 밤의 창밖에는 때아닌 진눈깨비가 쏟아지고 있었다. 지금 쏟아지고 있는 저것은 어느 세계로부터 쏟아지는 것일까. 저 악천후는 그저 현실 자체인 것 같기도 하고, 아주 비현실적인 이미지 같기도 했다.

—69쪽

Zoom-Out: 우리는 여러 세계에서

정리하면서 다시 말해 보자. 이 소설은 한 친구의 장례식장을 찾아가는 세 사람 혹은 네 사람의 서로 다른 이야기들이 모여 하나의 이야기를 이루고 있다. A의 장례식장을 찾아가는 밤인 현재의 상황과 며칠 전 A의 영화 시사회에서 있었던 사건, 그리고 이들이 함께 어울렸던 대학 시절의 기억 등이 이 한 편의 소설을 구성한다. 주요 인물 셋의 시선으로 된 각 장의 진술들, 그 일인칭의 발화들은, 각각 하나의 '시점'으로 거두어들인 각자의 서사를 가지고 있다. 그런데 중요한 것은 그 각각의 시점으로 된 각자의 서사들이 이 한 편의 소설 속에서 따로 자율적으로 존립할 수 없다는 점이다. 각자의 발화는 다른 이들의 발화와 함께 있는 것으로만, 반드시 다른 이들의 것과 공존하는 것으로만 생각되어야 한다. 그러자, 여기에 하나의 새로운 세계가 나타난다. 인물들이 각자의 시선으로 감당하는 하나씩의 세계들, 그것들은 한쪽 모서리를 다른 세계들과 맞대고 서 있는데, 그럼으로써 그들 각자의 세계를 지탱하는 각 장들이 제각각 한 면씩을 담당하는 하나의 입체적인 시공간이 새로이 탄생하는 것이다. 앞에서 말했던 '이곳', 주체들이 공존한다기보다 타자들이 들끓는 공간이 바로 이 새로운 입체로서의 또 다른 세계다. "여러 세계에서 모여"든 우리가 "서로 다른 사랑을 하고/ 서로 다른 가을을 보내"*는 이곳.

---

* 이장욱, 「우리는 여러 세계에서」, 『정오의 희망곡』(문학과지성사, 2006), 10쪽.

이 소설에는 바로 이곳을/이곳에서 바라보는 또 하나의 시선이 있다. 서로 다른 세계들을 하나의 이야기로 여기게 해주는 또 다른 화자의 존재. 정, 김, 최라는 인물들 말고 또 다른 (숨은) 화자 말이다. 사실 첫 장에서 '정'의 이야기를 읽고 둘째 장에서 '김'의 이야기가 나올 때, 그때 이미 우리는 이것이 정과 김 그리고 또 다른 이의 시선까지도 동시에 얽혀 있는 이야기임을 깨닫게 된다. 그는 물론 이 소설의 마지막 장에서 '염'을 삼인칭으로 서술하는 그 화자이고, 소설을 다 읽고 난 다음에는 그 화자가 누구인지 분명히 알 수밖에 없는데, 왜냐하면 마지막 장, 마지막 장면에서, 불쑥 이 모두의 허공 위로 떠오른 크레인 위의 카메라가 결국엔 보이고 말았기 때문이다. 바로 이 카메라, 영화 찍는 A의 카메라일 수도, 다른 누구의 것일 수도 있는 이것의 시선이 실은 처음부터 정, 김, 최 들의 머리 위에 떠 있었던 것이다.

요점부터 말하면, 이 카메라의 시선은 『천국보다 낯선』이라는 작품의 가장 결정적인 '소설적' 장치다. 카메라의 시선에 의해, 인물들 각자의 독백과도 같던 저 직접적인 목소리는 우리에게 직접 건네진 것이 아니라 어떤 무대와도 같은 입체적 공간에서 들려오는 것으로 간접화된다. 즉 인물-화자들의 발화로 된 이 소설 속의 말들, 그들의 이야기들은, 단일하거나 순진한 것이 아니게 된다. 그것들은 서로 관계되어 있고, 서로 매개되어 있다. 서로 대화적으로 존재하고 있으며, 서로 응답적인 이해 속에 연루되어 있다. 예컨대 며칠 전 A의 반지하 방을 나와서 그들이 모두 제각각 다시 A를 찾아간 밤의 일이라든가, 논산 분기점 3킬로미터 지점에서 목격한 교통사고에 관한 진술들을 상기해 보자. 이를테면 우리가 김의 이야기를 들을 때 그것은 정이 앞서 한 말이 빚어낸 상황 속에서 이해되(어야 하)고, 동시에 아직 말해지지 않았지만 앞으로 최가 할 이야기가 요구하고 기대하는 내용에 의해 결정되기도 하는 것이다.

정 A는 내게 해독 불가능한 문자 같은 것이었다. 말하자면 아랍어나 희랍어 같은 것이었다. 나는 내가 한 번도 배워 본 적이 없고, 배워도 이해할 수 있을 것 같지 않은 그 문자들을 물끄러미 바라보곤 했다. 아랍어의 곡선은 아름다웠다. 희랍어는 예술적으로 보였다. 그 언어들은 의미가 아니라 하나의 형태일 뿐이다. 하지만 그 이상한 문자들은 누구에게도 침범당하지 않는 자신의 세계, 자신의 의미들을 거느리고 있을 것이었다. 이해되지 않지만, 이해되지 않기 때문에 아름다운 세계, 그게 그녀였다.

——83쪽

김 A는 모든 면에서 아내와 반대였다. 그랬다. 처음 만났을 때, A는 어딘지 무질서해 보였고 예측할 수 없었다. 아내의 세계가 겨울의 희박한 공기로 이루어져 있다면, A의 세계는 여름의 팽창하는 대기로 채워져 있는 것 같았다. 아내의 세계가 하나의 점으로 응축하려는 것 같았다면, A의 세계는 불규칙하게 확산하려는 것처럼 느껴졌다. 그 둘은 서로 다른 행성에서 온 생물들 같았다. 서로의 반대편에서 거울처럼 서로를 비추기 위해 존재하는 세계.

— 106~107쪽

최 A는 언제나 와전되는 중이다…… 와전되는 것이 A다…… 나는 차라리 그렇게 생각했다. 그런데 어느 날 학생 식당에서 혼자 점심을 먹다가, 나는 다시 이상한 생각에 시달리게 되었다. 그녀는 정말 그 모든 것을 했을지도 모른다…… 그녀는 그 모든 것이었는지도 모른다…… 그런 생각이 들었다.

— 124쪽

A에 관한 이 셋의 상이한 견해가 각 인물의 편협한 시각을 증언할 뿐이라거나, 이 셋을 종합하여 A의 실체를 겨우 가늠해 볼 수 있다거나, 그런 뜻이 아니다. 이것은 마치 한 가지 테마를 놓고 각기 다른 방식으로 노래하는 '대위법(counterpoint)'적 악곡처럼 느껴지기도 하는데, A에 관한 세

인물-화자의 발화는 각자 울리면서 서로에 의해 굴절되어 재해석되는 상호 제한적인 관계에 처한다는 말이고, 비유적으로 다시 말하면 이들의 이야기가 서로서로 패러디된다는 얘기다. 그러면서 이들(의 발화들)은 서로 논쟁적으로 적대하는 관계에 돌입한다. 하나의 관점이 다른 관점에, 하나의 가치 평가가 다른 가치 평가에, 하나의 강조가 다른 강조에 대립한다. 이들 각자의 의지나 논리가 서로 불화 혹은 불일치한다는 뜻이라기보다 단일한 의식을 드러냈던 발화들이 대화적 긴장의 국면에 놓인다는 뜻이겠다. 우리는 결국 그들 각자의 이야기를 듣는 게 아니라 이야기들 간의 충돌, 갈등을 접한다. 즉 이들의 발화는 우리를 직접 향하지 않고/못하고 이들의 발화를 카메라로 담은 것을 우리가 보는/듣는 것이라고 해야 더 맞다. 카메라 때문에, 그들 모두는 말하는 사람(화자)이면서 동시에 말해지는 사람(인물)이 된다.

마치 진짜 영화에 대한 이야기인 듯 카메라의 역할을 이야기하는 중이지만, 알다시피 이 카메라는 저 인물-화자들의 의식과 말이 한곳에서 함께 울리면서도 끝내 융합되지 않게 하려는 숨은 작가의 자리를 가리키는 것이다. 이것은 소설 장르의 발화들에 내재한 이른바 '다성악적(polyphonic) 대화성'이라는 것이기도 하고, 또한 모호하고 불확정적인 세계에 대해 이 작가가 특별히 취한 방법적 태도라고도 할 수 있다. 그

태도는 이 소설의 표정을 만드는 언어에 관한 작가의 어떤 주장이라고 해도 될 것인데, 여기서 그것은 이를테면 표현 불가능의 한계로 막힌 말이 아니라 서로 다른 말들이 근본적으로 마주칠 수밖에 없는 적대를 안은 말이라고 할 수도 있다.(전자가 시의 언어가 짓는 표정이라면 후자는 소설의 언어가 만드는 표정이라고 해도 된다. 나아가 전자가 주체의 존재론적 분열이라면 후자는 세계의 서사적 분열을 가리킨다고 하면 어떨까.) 따라서 이때 우리가 세계에 대해 느끼는 모호함이나 불확정성은 단일한 시선의 편협함이나 주관적 심리의 변덕스러움에서 기인하는 종류의 것이 아니다. 말들의 부딪침 혹은 대화성으로 인해 드러나는 그것은 오히려 상대성과 객관화를 지향하는 흐름 위에서 출현하고 그 흐름을 더욱 강화한다.

Boom-Up: 목격자들

이렇게 이 소설은 여러 인물-화자의 내적 시선들을 한데 모으면서도 그것을 전유하지 않는 외재적 시선을 숨겨 놓았던 것이다. 줄곧 카메라에 비유했던 그 시선 덕분에, 주체이면서 타자인 인물들의 분열된 발화가 통합되지도 않고 해산되지도 않은 채 하나의 입체적인 서사로 형성될 수 있었다는 말이다. 물론 말했다시피 그것은 '숨은' 화자였고 그 자리는 이야기 '바깥'에 있다. 그래야만 그것은 제 역할을 할 수 있다. 그런데 이 소설의 마지막 장면, 우리 모두 일찌감치 직감했으나 끝내 눈을 맞추려고 하지는 않았던 — 그래야만 모호하고 불확실하더라도 이 세계가 유지될 수 있으므로 — 그것의 존재가 마침내 눈앞에 드러나는 순간이 이렇게 오고야 마는데,

그 순간 그들을 비추고 있던 카메라가 천천히 새벽의 허공을 향해 솟아올랐다. 그것은 일종의 크레인 숏이 되었다. 광장의 간이 의자에 앉아 있는 남자는 기지개를 켠 자세로 정지해 있었다. 광장을 가로질러 걸어가는 세 사람 중 한 남자는 담배 연기를 입에 머금고 있었고, 또 다른 남자는 손을 바지 주머니에 넣은 채 고개를 들고 있었다. 그 옆에 서 있는 여자에게는 표정이 없었다. 그들은 모두 새벽빛이 퍼져 가는 하늘 한가운데의 한 점을 바라보고 있었다.

인물들의 시선을 마주 보던 카메라가 조금씩 움직이더니 더 위로 올라갔다. 인물들이 점점 작아졌다. 터미널 건물과 광장이 까마득하게 보였다. 하늘의 한가운데서 카메라가 정지했다. 새벽 별빛이 은은하게 도시에 쏟아져 내리는 시간이었다. 이제 막 깨어나려는 듯 해안 도시의 불빛이 점점이 켜지는 시간이었다. 먼바다 쪽의 수평선에 붉은빛이 희미하게

스며드는,

　천국보다 낯선,

　그런 시간이었다.

—— 249쪽

　지금껏 한 번도 등장하지 않았던 카메라가 공중으로 솟아오르며 "갑자기 모든 것이 자명해지는 순간"*이다. 이 캄캄하고 황량한 밤의 여로는 A의 영화, 아니 A가 아니더라도 누군가의 '진짜' 카메라에 잡힌 영화 속의 장면들이었음이 밝혀진 것이다. 크레인 위의 이 카메라는 지금까지 서로 충돌해 온 인물-화자들의 모든 이질적인 발화들을 숨어서 지켜봐 왔던, 그것들을 대화적으로 울리게 했던 그 카메라가 맞을 것이다. 처음부터 정, 김, 최, 그리고 염의 안과 밖을 드나들며 때로 인물의 시점 쇼트를 찍고 때로 줌아웃되어 전체를 조망하며 그것들을 교차편집 하기도 함으로써 이 소설을 읽는 우리의 시선에 자기 자리를 내주기도 했던 그 카메라가 아니랄 수 없을 것이다.

　그런데 이렇게 그것이 우리 눈앞에 나타나자, 이제 결말에 이른 이 모든 이야기들은 갑자기 영화 촬영 현장이라는 프레

---

* 이장욱, 「목격자들」, 『생년월일』(창비, 2011), 57쪽.

임으로 둘러쳐지게 된다. 다시 말해, 카메라라는 이야기 바깥의 시선이 이야기 내부로 뛰어들자 우리는 이 카메라의 시선으로 그들의 이야기를 보는 것이 아니라 이 카메라까지 포함해서 바라보는 또 다른 바깥의 자리로 튕겨져 나간다. 눈앞의 장면에서 소실점이 이동하고, 가까워서 안 보이던 것과 멀리서 가물거리던 것이 휘청거린다. 어쩌면 우리가 지금까지 읽은 이야기는 여기서 사라진 것과 같다. 우리는 이야기 전체를 다른 시선으로, 다른 원근법으로 다시 읽어야 하고, 이야기는 지금까지 말해진 모든 것으로부터 돌아서서 다시 시작되어야 한다. 이야기의 결말인 여기가 다시 이야기의 기원이다.

『천국보다 낯선』은 마침내 이렇게 우리를 세계의 바깥 혹은 뒤로 밀어 앉힌다. 의식적인 의미 부여를 그만 멈추고 말해진 모든 것을 아예 지워 버리는 자리로 우리를 이동시킨 다음, 바로 그 정지된 화면에서 다시, 또다시 시작되어야 하는 '다른' 세계를 직감하게 한다. 지금까지의 세계가 무너진 이 자리는 어떤 것이 폐기된 곳이라기보다 되살아나야만 하는 곳이다. 이곳에서 우리는 재차 다음과 같은 질문을 할 수밖에 없기 때문이다. A는 대체 누구인가, 아니 그녀는 지금 어디에 있는가, 그녀의 죽음을 배웅하러 가는 이 친구들은 어디에서 어디로 가고 있는가, 아니 누가 누구의 죽음을 배웅하는 것인가, 이 친구들이 A의 영화를 보고 있는가, A가 이들을 영

화로 찍고 있는가, 아니 우리가 이들을 바라보는 것인가, 이들
이 우리를 바라보는 것인가…….

『천국보다 낯선』이 안내한 이 세계가 이장욱의 독자들에게
아주 생소하지만은 않을 것이다. 이 세계의 신선함이 약하다
는 뜻이 아니라 그가 오래 탐구해 온 세계가 이번에도 발생
했다는 말이다. "이야기는 언제나 끝이어서야 시작할 수 있는
이상한 나라"(「이상한 나라」), "나는 내 바깥에서 태어"나는 순
간들(「실종」), "자꾸 무너지면서 또 발생하는 세계"(「뒤」), 상투
적인 일상을 즉단하는 시선의 어떤 각도에만 일순 포착되었
다가 이내 증발하고 마는 이 세계는, 그렇지만 현실을 떠나고
서야 만나지는 다른 세계가 아니다. 우리의 심리적·관념적 현
실은 매 순간 분명하고 통합적인 세계를 그려 보지만, 이 세
계가 얼마나 다면적이고 이질적인지 우리는 잘 알고 있지 않
은가. "겨울에는 겨울만이 가득한가? 밤에는 가득한 밤이?"*
라고 묻는 계절도 있는 것이다. 현실을 초월하지 않지만 그것
을 수용하지도 않으려는 어떤 자세가 맞닥뜨린 세계의 불모
성이 이 당혹스럽고도 매혹적인 계절을 출현시킨다. 그래서
이 낯선 계절의 소설을 만약 비사실적이라거나 초현실적이라

---

* 이장욱, 「겨울에 대한 질문」, 『생년월일』(창비, 2011), 114쪽.

고 말한다면 우리는 동의할 수 없다. 이장욱의 『천국보다 낯선』은 다면적 세계의 모순과 혼돈을 창작의 동인과 작품의 구조로 전면화한 사실적 소설이다. 주체를 타자화하고 시간을 입체화하고 공간을 다층화함으로써 불현듯 열려진 다른 그라운드에서 다른 속도로 흘러 다니는 '사실들'의 타오르는 이야기다. 우리는 이제 "다른 계절에 속한 별"(「겨울의 원근법」)이 되어, 아직 길들지 않은 그 궤적들을 "생시"(「그라운드」)처럼 기억하기 시작했다. 이것은 "아주 구체적인 사건"(「일종의 밤」)이 될 것이다. 우리 소설의 신(新)서사가 이렇게 이미 발생했기 때문이다.

오늘의
젊은 작가
04

천국보다 낯선
이장욱 장편소설

1판 1쇄 펴냄 2013년 12월 13일
1판 12쇄 펴냄 2022년 7월 19일

지은이 이장욱
발행인 박근섭·박상준
펴낸곳 **(주)민음사**

출판등록 1966. 5. 19. 제16-490호
주소   서울특별시 강남구 도산대로1길 62(신사동)
          강남출판문화센터 5층(우편번호 06027)
대표전화 02-515-2000 | 팩시밀리 02-515-2007
홈페이지 www.minumsa.com

© 이장욱, 2013. Printed in Seoul, Korea

ISBN 978-89-374-7304-3 (04810)
ISBN 978-89-374-7300-5 (세트)

* 잘못 만들어진 책은 구입처에서 교환해 드립니다.

당신이 소장해야 할 한국문학의 새로움, 오늘의 젊은 작가 시리즈